上帝想看电影

God Knows the Tableaus in My Mind

徐李佳（@徐记大白兔） 著

文化藝術出版社
Culture and Art Publishing House

自序

Happiness is a journey
幸福是一种渡过

徐李佳（@ 徐记大白兔）

大概五六年前，收到远在异国的朋友的一封 E-mail，是一篇原版文章。他告诉我，这是一位名叫 Alfred D′ Souza 的神父的劝解。大抵没有生词，我通读了一遍，第一时间也并没所谓。那天下午，走了会儿神的工夫，突然内心生出某种感悟，念念有词地，就是那一句：

Happiness is a journey, not a destination.

我在心里默默把玩那文句，然后落笔起译：幸福不在彼岸，幸福就是一种渡过。这句译出的文字，竟让我自己心潮起伏起来。于是打开原文，沿着这样的心绪，我把这篇文字译完了——

Happiness is a journey

幸福是一种渡过

For a long time it seemed to me that life was about to begin, real life.

很长一段时间我总觉得生命慎始。

But, there was always some obstacle in the way, something to be gotten through first, some unfinished business, time still to be served or a debt to be paid. Then life would begin.

但是得时无待，时不再来。生命无关途中际遇，兀自向前。

At last it dawned on me that there is no way to happiness. Happiness is the way.

到底明白，幸福不在终点，幸福就是此生此路。

So treasure every moment that you have and treasure it more because you share it with someone special, someone special enough to spend your time with.

珍视每一寸光阴，珍视每一个共同度过的人。相信同伴就是一种珍贵。

Make the most of your time. Don't waste too much of your time studying, working, or stressing about something that seems important.

惜时如金，莫要浪费挥霍。

Do what you want to do to be happy but also do what you can to make the people you care about happy. Remember that time waits for no one.

时不我待，请怀着幸福感认真地为人处世。

So stop waiting until you take your last test, until you finnish school, until you go back to school, until you have the perfect body, the perfect car, or whatever other perfect thing you desire.

完成与完整人生必经的学业、事业的历程，所有欲求，都在实践。

Stop waiting until the weekend, when you can party or let loose, until summer, spring, fall or winter, until you find the right person and get married, until you die, until your born again, to decide that there is no better time than right now to be happy.

明白幸福不在眼前，幸福就在脚下。何必等待“更好”的下一次，一切幸福都“正好”在此时。

Happiness is a journey, not a destination.

幸福不在彼岸，幸福就是一种渡过。

So love like you have never been hurt, work like you don’t need the money, and dance like no one’s watching.

去爱吧，就像从没有受伤过。起舞吧，从心所愿。

- By Father Alfred D'Souza

在译后多年，适逢姚晨在新西兰举行婚礼。早晨看到新闻，我便将这篇译文作长短信发给她贺喜。她很快回了，很欢喜，说真好。我高兴的是，这篇文字终于适得其所地熨帖了囍意。

大姚姚，除了影视作品里我与她的角色谋面，结识是因缘微博。这样算来，应该也是这个网络时代的笔友，彼此因缘文字而相认为同契。这份熟悉而未曾真正谋面的情谊，更值得珍惜。今天，我便取了这篇文字作这本小书的自序，以期这本小书也得一份囍意。

再说这本小书的由来，是在2011年我的第三个本命年来临之际。那两年我的人生似乎盘桓低谷，身体也出了状况，病歇在家。同样因文字而合作过的陈苏红先生得知我病况，担心我就此脱离社会，心神俱病，不由分说地督促我把写在论坛、博客上的文字收掇起来，编辑成册，也算是一份36岁本命年的礼物。

于是有了这小书的缘起。

不料，一拖三年。拖，是因为惶恐。我说过，我是一个老派的人，总觉得白纸黑字，绝对是件肃正紧要的事，不可以玩笑。那些网上俱是不见字落于纸的文章，键击快意，速录情绪，没有隔夜的思量。怎么能经得起一点折撇捺，植在纸上结文成著。这在我心中惴惴不安了许多时日。直到陈先生半真半假地气恼说，我都忘记了还有你那册书的事。这倒像掴了我一记头皮。我结结巴巴去解释自己的紧张与郑重，他说，为什么不当这件事就是一次 Happiness Journey 呢?

是了。

这些文字大都写于2000年以来的十余年间，也有部分是近三四年一些影视浅见和书籍粗读后的感念，这部分文字的生成，要感谢于和伟先生。2010年，藉由他在《新三国》中塑造的那个不同凡响的刘备，我以一篇万字长文述评，得以与他相识。此后，在我病休长假中，他以最大鼓励和无限支持，让我参与了多部影视剧本的策划、编写，并且再三鼓励我随感而写，不辍从文。这才有了这本小书中三分之一余的文字的集成。

文字成集，无论拙岫，都是脱胎于心于思于感，也算是对自己30岁以来这十年的一次感性的归档。

这十余年间，我历经辞职、跳槽、北漂、创业，也历经热恋、失恋、生死与病痛。我的文字为我赢得过光荣、盛誉，赢得过爱情、机遇，也在我最艰难时，成为支撑我的唯一伴侣。这些过去，远胜于我前25年的全部人生阅历积淀无论是悲欣交集还是忧苦参差，我想这确实都是一次 Happiness Journey。

这本小书付梓，我也走向不惑之岁。愿以此书给过去的岁月一个章节断点，开始我新的起首。

谨以此文字献给我的父母、兄长，献给在我人生峰谷间始终给我以赤诚的爱与关怀的闺蜜们。

也献给40年来，一路恩遇的师长、爱侣和知音。

谢谢陈苏红先生的鞭策和全部支持。

谢谢我的图书编审帅克姐近三年来的勉励和包容。

谢谢天堂的章毅。

谢谢40年来，所有人生中的际遇。

2014年5月小满　物至于此小得盈满

目　录

第一章

上帝想看电影

叛逆需要以青春期为载体，才值得歌颂；狂野因为短命变得堂皇。

Dream as if you'll live forever. Live as if you'll die today.

唯长生才成其为梦，唯立死才得以永生。

老去的坏小子们
—— 致 JOKERS

这是一届坏小子们聚会的奥斯卡。

坏小子们老去了。

西恩 · 潘走上最佳男主角的领奖台，他向台下的米基 · 洛克不止一次致敬。当他说：你是我的兄弟。…… 欢迎你回来。

突然流泪。

米基 · 洛克，已经那么丑了。以至于，他像一件“活着的悲伤”。

那个《9周半》里性感的男子，如今只有一张残破的脸。丑陋的，甚至无法忍心面对他回忆“英俊”两个字。他为什么不死去呢？在一次酗酒后的清晨，一次吸毒过量的深夜；或者在纵欲过度的春宵，在引擎咆哮的街道；或者是一次对手重拳迎面而来的擂台上 ——

用他的意外死亡，在他还年轻还英俊的时候——聊以成全观众们已经放进口袋的手里握住的准备大把掏出来的施舍向他冰冷的还年轻还英俊的身体的那些滚烫的悲悯。

但是，他没有。

他没有死去。

米基，走回柯达剧院奥斯卡颁奖典礼的路有多长啊，大概比死亡还长。

所有死去的坏小子们，大概都站在詹姆斯·迪恩的左侧。詹姆斯是他们向右看齐的坐标。2008年，这条队伍增加了希斯·莱杰，还有布拉德·兰弗洛。

布拉德·兰弗洛，死在2008年情人节后的第二天。

一年之后，当一尊小金人成为希斯·莱杰的周年祭品，让群星起立的希斯·莱杰极尽哀荣。而布拉德·兰弗洛大概在他死去的那一刻就已经被遗忘了。

1994年，一个11岁的少年从田纳西州的小城少管所，直接走到了奥斯卡影帝影后汤米·李·琼斯和苏珊·莎兰登的面前。他出色的表演让《终极证人》(The Client)在两大巨星炫技之外，鼎立起第三个具有艺术天赋高度的支点。

少年布拉德 · 兰弗洛在镜头前睁开清亮的眼睛，那海一样深的恐惧与悲伤在双眸里静默，不动声色。巨星被鲸吞。

天赋有多半是用来糟蹋的。因为上帝给人以天赋的时候，同时抽掉了他珍惜的能力。9岁就酩酊大醉在街头的这个英俊少年，在25岁的情人节死于非命，似乎是最绝美的宿命。

他完美地符合詹姆斯 · 迪恩团队的死亡公式：在足够年轻的时候用足够放浪的方式适时死去。

叛逆只有以青春期为载体，才值得歌颂；狂野因为短命变得堂皇，否则就是老年马龙 · 白兰度身上的脂肪，除了让人嫌弃，没有意义。

Dream as if you'll live forever. Live as if you'll die today.

—— 詹姆斯 · 迪恩说完这话不久，就死了。

唯长生才成其为梦，唯立死才得以永生。

布拉德 · 兰弗洛像波德莱尔笔下的恶之花一样，招摇地在好莱坞盛开过。然后吸毒、藏毒、酗酒、偷窃，然后传唤、拘留、罚款和缓刑。

绚烂的花不曾谢下，直接腐败在春天的枝头上。

希斯 · 莱杰在《蝙蝠侠前传2》中的角色，叫小丑，JOKER。

JOKE，玩笑。那些令我们记忆深刻的玩笑，往往生死攸关。就像张国荣在愚人节纵身而下。

希斯·莱杰的倾情表演，极尽癫狂。马后炮的观者在里面看到了一个男人的搏命。死亡实在是太成功的演出，因为演员再不会下场。

这个角色的第一任塑造者就是曾经“飞越疯人院”的“狼人”杰克·尼科尔森。在今年奥斯卡颁奖典礼上，他和罗伯特·迪尼路、迈克尔·道格拉斯们一起为西恩·潘颁奖。

他们都是一群坏小子。

只是，都老了。

如果奥斯卡可以颁给勇气，获奖的应该是米基·洛克。

像他容貌一样支离破碎的，是他的人生。这个因为甜美性感一度成为好莱坞宠儿的坏小子，甚至一度养不活自己和一条老狗。

他在《摔角王》里呕心沥血地演自己，把青春把人生把生命演到变成满脸伤痕，变成暴突双眼，变成皲裂皮肤，变成激素促生得横肉纵身——就是这样的一路上

如果他答应了达斯汀·霍夫曼，出演《雨人》；

布拉德 · 兰弗洛

9岁就酩酊大醉在街头的这个英俊少年，在25岁的情人节死于非命，似乎是最绝美的宿命。

如果他答应了奥利弗·斯通，出演《野战排》；
如果他答应了昆汀·塔仑蒂诺，出演《低俗小说》；
如果是他演了《沉默的羔羊》……

他不会因为沉沦到底被人们忘记。
他不会因为沉沦到底才被人记忆。

35岁的时候，他说他对于演戏，失去了所有的激情、渴望和敬意。于是他戴上了拳击手套。4年后，只差3场就拿下了轻量级冠军，他却因为严重脑损伤，彻底退出拳坛。拳击其实什么都没给他留下。千金散尽，家庭破碎。

只有被打得稀烂的脸，还留在岁月里听凭老去。

2008年获得金狮奖、金球奖和奥斯卡提名的米基·洛克55岁了。威尼斯电影节评委会主席维姆·文德斯说："《摔角王》里有着真真切切令人心碎的演出。因为米基。"

去过地狱，米基·洛克那张曾经会让天使都害羞的脸，留在了那里。

孤身回来。

大幕落下，电影散场。起立，鼓掌。

米基 · 洛克

去过地狱，米基 · 洛克那张曾经会让天使都害羞的脸，留在了那里。孤身回来。

淡极始知花更艳

意裔导演马丁·斯科西斯是活跃在美国好莱坞银色世界的大师级人物。也许是亚平宁半岛那激昂而野性的血缘使然，他的绝大部分影片都充斥着浓郁的种群色彩——意裔黑社会分子。即使是《基督最后的诱惑》、《愤怒的公牛》、《出租汽车司机》等收藏进奥斯卡经典的作品，也同样张扬着暴力、恐怖、肮脏的交易，险恶变态的心理。黑帮题材的《穷街陋巷》、《好家伙》、《赌场风云》，惊悚片《恐怖角》更是过犹不及，“血腥和肮脏”似乎成为斯科西斯影片的标识。

然而，斯科西斯的《纯真年代》在第50届威尼斯电影节和第66届奥斯卡评奖中，使影评人和观众眼前一亮。出品方哥伦比亚公司更是不惜厚此薄彼地盛赞这部影片超越了《四季之人》、《阿拉伯的劳伦斯》和《甘地传》等史诗电影，在反映古典题材的爱情文艺片中独擎巨帜，堪称斯科西斯风格独变的成功之作。

《纯真年代》一剧改编自艾迪斯·沃顿荣获普利策文学奖的名作。它以

就算他不爱我，这样看着我就够了。

19世纪70年代的美国为舞台，展现了被当时“上流社会”的所谓伦理纲常生生扼杀了的一段凄美爱情。纽约城里最为富贵的雅齐尔和威伦德两大家族正因子女缔结了婚姻盟约而壮大。思想与仪表一样出色的年轻律师纽兰德·雅齐尔（Daniel Day Lewis 饰）和气质淑惠、清纯可人的梅·威伦德（Winena Ryden 饰）被公认为门当户对的璧人。然而就在他们订婚前夕，梅远嫁异乡的表姐爱伦·奥兰斯卡伯爵夫人（Michelle Pfeiffer 饰）因婚姻破裂而从欧洲返回美国。她鲜明、率真的个性难容于纽约的上流社会，“夫子”们当面奉迎、同情，背后或避之唯恐不及，或以诋毁其清誉为乐。

纽兰德出于对未婚妻家族的支持，出面为爱伦打抱不平。随着一次次深入交谈，纽兰德发现爱伦才是自己所倾慕的那种个性独立、崇尚自由、富有智慧的女性。婚后的生活，也使他发现梅那为人歌颂的清纯、宁静和安详的仪容之下竟是一副空虚、闭塞和卫道的灵魂。然而，纽兰德与爱伦之间的爱，最终还是被迫就范于当时上流社会所遵循的规范和法则。纽兰德放弃心中至爱换得了令人羡叹的家庭、事业和人生，而爱伦则在大西洋另一岸茕茕孑立而终老。

马丁·斯科西斯在驾驭这些情与理的跌宕、波折时，充分调动起摄像、服装、舞美、音响、道具的功效，使观众更易读解其中的暗示性和对比、象征意义。

幕启，泛黄的信笺上华丽、优美而流畅的圆体手书像在娓娓道来“一个很久很久以前的故事”。全片130多分钟，有五分之三配以一个老妇人的旁白，似乎故事还没有发生，结局就已经了然于胸。影片一开始，镜头前罩着细致、典雅的蕾丝花边（似乎可以理解为一张堂皇富丽、无处不在却也无处可逃的网），鲜艳的花朵在镜头前从握握含苞的状态，一瓣瓣展开，由舒徐而渐急切，像女子攥紧了的美丽的手，矜持而挑逗的一根手指、一根手指地舒张开，坦白出掌心真实的内在…… 两个女子的手，是马丁·斯科西斯刻意着墨的地方。

第一次见面，自由惯了的爱伦当着众人的面高高翘起手背，等待纽兰德行吻手礼，纽兰德尴尬之下，僵直而草率地捏了一下她的手指。再次见面时，爱伦俏皮地学着纽约上流社会男士的样子与纽兰德亲切握手，使矜持的纽兰德忍俊不禁。随着两人感情渐深，他们携手漫步也越来越自然。爱伦也通过这一系列肢体语言显露出自己活泼、自由、机敏的个性。最后，真心相爱的人无奈分手时，纽兰德含泪、深情地吻着爱伦的手腕——通片最凄婉的一段——手腕（脉门）的颤动似和着爱伦内心哽咽的声息。纽兰德似乎也是吻爱伦的心——心爱的人。这与开场时，纽兰德对爱伦的手（爱伦的心）的失礼，形成了多么鲜明的对比！

“清纯如百合”般的梅的手也被突出了两次，一次是她新婚后，遵从家族长辈的意见，请法国艺术家按照她娇美、圆润的手形，塑就了一件精致的瓷器。这不仅仅是当时贵妇人奢靡的时尚，更是梅严丝合缝、滴水不漏地禀承的家族传统。这件“手”的工艺品确实美丽，但冷冰冰的，丝毫不生动，也没有生命力。而在上流社会的一次为贵妇和千金举行的射箭比赛上，梅一改温娴的仪态，手执弓箭，三发三中。这时的她，对丈夫的感情偏向已有察觉，于是凭借自己的“手腕功力”有的放矢，直中要害。随着影片的进程，我们看到梅先向爱伦讹称怀孕并深情话别——其实是多么冷酷地假借了丈夫的名义向爱伦下了“逐客令”。爱伦的出走，打击了纽兰德爱的热情，而梅无比巧合而适时的怀孕事实，最终使他感情的天平颓然失衡，跌向了礼教伦理的一边。

马丁·斯科西斯还充分调动时空概念渲染和烘托影片主题。整部影片的故事情节大部分发生在冬天，常常风雪交加，这既预示着纽兰德和爱伦渺茫的爱情前景，同时也象征着“十九世纪七十年代”这一特定历史时期（美国内战已经结束，工业革命尚未开始），纽约上流社会的冷漠、沉闷和无情。冬天，是一年中最后的季节，美国大陆上这种不自由的僵化氛围正行将暮路，纽兰德和爱伦之间的爱情悲剧，也是这个“冬天”的最后陪葬。此后的30年，资本主义工业革命带动了新的社会秩序、人伦观念和情感依托的生成，并迅速打破了腐朽没落的封建社会系统，而120年后，当马丁·斯科西斯创作这部影片的时候，美国的社会环境、纽约的伦理道德又向另一个恶性的极端演变。观看《纯真年代》，似乎也可以让当代美国人重新审视自己的“文明”。除了季节上的刻意安排外，马丁匠心独具地安置三位主人公的空间距离也值得一提。纽兰德和爱伦在一起时，多在房间里、壁炉前，他们的相处空间是封闭的（亲密、秘密），但周围没有门窗进入观众的视野，似乎又是毫无出路的一种象征。炉火，既象征着爱伦奔放、热情的鲜明个性，又是纽兰德燃起的爱慕和崇拜之情。而纽兰德夫妇在一起时，多在室外或是敞篷马车上，无法给人以心贴心、亲密无间的感觉。但最后一场高潮戏——梅告诉纽兰德她真的怀孕了，而爱伦也已经离开纽约的时候，马丁·斯科西斯又把场景安排在室内的壁炉边，但炉火（爱情的前景）分明已将熄灭，而梅也终于用这间屋子（家庭）囚住了纽兰德灵魂的追求。

幕后老妇人声音响起，告诉观众在这间屋子里，他们的长子德奥多接受了洗礼，次子比尔蹒跚举步，而纽兰德也同样在这间屋子里向幺女玛丽致以新婚的祝贺。梅在30多年平静、圆满的家庭生活中消磨了生命，安详满足地死去。而我们看到花甲之年的纽兰德的身上已经全然不见当年奔放的热情和对自由的渴求，屋子里的陈设三四十年不曾有太大改变，而屋外的世界正在发生质的飞跃，在20世纪走近时，纽兰德却变得像一个因循守旧、沉闷古板的19世纪遗老。当长子邀请他前往欧洲旅行，并把他带到爱伦寓所门前时，徜徉良久的纽兰德终于还是踽踽独行，远远离开……虽然他的记忆里，爱伦阳光般的笑容，依然是那么清晰灿烂，但是人生的深秋已经走近，他请儿子捎上一句话："我已是个老派的人。"他早已被旧的时代"俘虏"，全然被旧的社会观同化了。

片中，兼编、导、摄于一身的斯科西斯就以奢华而精致的银幕构图，几近极致地再现了当时社会顶层靡丽、考究的生活。他用尽鲜花、佳肴、华服、盛会，不惜铺张而排场地装饰家居，安插进歌剧、舞会的盛况，让人看不到一丁点儿以往斯科西斯影片中贯有的血肉横飞、污秽浑浊的场面。但不变的是，和以往不带怜惜地对黑社会进行纪实一样，这部影片依然是直捣进所谓上流社会、名仕阶层的实质和根本，五色斑斓、珠光宝气的场面背后，依然是赤裸裸、血淋淋的人性的残酷和扭曲。

写到这里，不由得想起《红楼梦》中薛宝钗咏白海棠的七律中这样一联："淡极始知花更艳，愁多焉得玉无痕"。脂砚斋点评这首诗是不露声色地点出宝黛爱情的无望。而把这一句用在《纯真年代》这个故事上，不想竟是契合之极了。

如果情路坎坷在所难免
但愿人生没有为爱蹉跎

我活得越久，就越不相信思想，而是愈加相信感情。

说这句话的，是法国新浪潮导演路易 · 马勒。他已经死了，活得不够长久。不过从他罹患癌症后导演的作品来看，他是更相信欲望的。

欲望，是一种感情产物，不是思想。人的一生，区别伟人与小人，大抵就是看他们的欲望与思想是驭驱驭使，还是脱缰撒野。这里的逻辑还在于，也许小人是所谓前者，而撒野者是伟人。这是宕开了一笔。说到路易 · 马勒，是想说另一个男人的。

—— 杰里米 · 艾恩斯。我喜欢这个男人，我喜欢这个男人是一种欲望。因为他的样子，适合做个情人。

有人问我喜欢什么类型的男子。

好像有一种类型，他并非在人群里衣冠楚楚，倒像是深一脚浅一脚走在荆棘路上，神秘，迷幻，却坚定地走着不归路。他在街旁走过，潦倒地经过灯光温暖的酒吧，无法成为其中酗酒纵情的一个，只能站在橱窗旁默默凝视，然后离开。这样的男人如鸩，也许解渴，但一定有毒——

比如杰里米 · 艾恩斯演过的一些角色。30岁以前，我一直会喜欢有点神经质的演员。他就是一个。无论《法国中尉的女人》还是《洛丽塔》，或是《蝴蝶君》，他身上有英国男人潮湿的气味。他清癯、瘦削，脸色苍白，手指修长，鼻翼两侧有深重的法令纹。从他苍白的面容上能够捕捉到那种特有的为爱纵身的神经质。为爱纵身，万劫不复。对于爱，即使畸恋，他也总是纵身扑入，纵然姿态优雅，依然常常溃败到底。他每一次崩溃，每一次纠结都那么真实。甚至连他病态的脆弱，都让人心生怜悯。

这样的男子，情怀和欲念像暗夜涨潮，汹涌，盲目。有如美人鱼在刀尖上舞蹈一般，惨痛但是美丽。盲目的黑，是黑，但并不是肮脏的。

不过，还是绝望的。

我想，我之所以在内心能够收容和欣赏这样的男子，可能是我那时青春，有盛大的胸怀。

我绝对相信在现实生活中存在着“只一眼”的陷落。但我绝对不相信“那一眼”的能量真的就能消耗一生。

无论是谁，都会有却步的时候。

杰里米 · 艾恩斯
这样的男子，情怀和欲念像暗夜涨潮，汹涌，盲目。

也许只是因为一句话，一个动作或者一阵风。爱不是永恒的能量，它会被耗尽，不是因为那不是真爱，只是因为它是一种能量，随着每一分每一秒它都在消耗。如果你没有方法去维持它，没有环境去经营它，它就会消失，但并不代表你没有爱过。但是，怎样不是一生呢？中毒也是，解毒也是。选择一条让他人耿耿于怀的路，或者释然于怀的路，其实足印或者血迹，都是自己的。

挣扎与坦然都在心底里，无人尽知。

《DAMAGE》，路易 · 马勒临终前的倒数第二部作品，也可以划归为封箱之作了。—— 温和地翻译成《爱情重伤》，或被叫作《烈火情人》，带着商业属性，好宣传易卖。当然最准确的翻译该是《毁灭》，影片的英文名字“Damage”，词源本底就是带着无可挽回的破碎之意。这是一部关于感官之恋的电影。杜拉斯说过，肉体之爱并非一定浅薄，它也许和对于精神、对于才华的爱同样厚重，或者更甚；但往往我们面对肉体之爱常常怀着羞耻心，仿佛一沾染到肉欲，爱情就变得低俗可鄙了起来。然而，若你爱上一个人，爱到时时想与之缠绵的地步，谁又能说这爱浅陋。比如《感官世界》中的阿部定，比如《失乐园》里的凛子。只是巅峰的爱情是一场海啸，它声势浩大，伤害惨重。但是一定会留下残骸。

“受过伤的人最危险，他们知道如何幸存。”

《爱情重伤》的故事，就像《美国美人》，我想归根到底，讲的是中年的疯狂，讲的是人性的不满足。应该一切尘埃落定时，却要不合时宜地疯狂堕落。我不知道到底要什么，但或许我知道我不要的。这大概是我们每个人都有的矛盾和不知足。

故事里的父亲，温和儒雅的丈夫、父亲、政府官员。中产阶级的生活把他包裹在平淡而又温润的俗世烟火中，他的理智和精神都在一个可控的范围内。但每个人内心，都有一朵微弱的激情的火花，在遇见势均力敌的对手时，会豁然开朗。茱丽叶·比诺什饰演的安娜，就是这样一个女子。她神秘性感，年轻不羁，她是他的欲望，是他放纵的理由。然而安娜却是他儿子的女友、未来的儿媳，原本一次出轨陡然间升级为乱伦，在理性与道德之间拉扯，终于破裂。家破人亡，身败名裂。

我喜欢那个结尾：这个男子，已经老了；他遗世独居，他旅行，他无人问津。在简陋的房间里，他放大了一张当年与儿子和安娜的合影。他喃喃自语："后来我只见过她一次，在机场。她没看见我，她和皮特在一起，抱着一个孩子，跟别的女人没什么两样。"他说得很平静。

艾米莉·狄金森有一句诗说："在我心灵的某处。我知道，我和这东西有过一面之交。它只是提醒我而已，再也没有和我接过头。"这大概说的就是这么一回事。出色的表演者，他的神情隐忍可以被展览；他的气息悲苦可以被渲染。路易·马勒拍完这部电影没几年就因罹患癌症逝世了。

如果情路坎坷在所难免，但愿人生没有为爱蹉跎。

（附记：整理这篇文字是在一家酒吧。我耳朵里灌满了打碟的狂欢与喧嚣。我想这篇文字大概也是夜色缭绕的。）

人总是要死的
有爱会不会好过一点

我曾经美得多么惊心动魄，就一定有一天会老得多么惊心动魄。

但其实，如果你我可以天天相见，就一定不会察觉岁月对我们的改变。所以，你因为我的美而激动的，因为我的老而悲恸的那一颗心，其实并没有为我动过。

你只是一个并没有承担过的过路客，只是凑巧看到了同一场剧目的不同场次，旁观了岁月的热闹。

【关于时间的故事。之一】

在我6岁的那个晴朗的草地上，我第一次见到这个全裸的英俊的男人。在我童年的性灵里，下意识，觉得，他就是天使。这个横空出世的男子，有熟悉的温柔。他裹上我准备在草地野餐的地毡，逐渐消失，像一个会遁形的魔法师。他留下一句话在空气里，他说："等我，我还会来的。"

但很快，我还是懂得了忧伤。原来生命用来等待，会让我变得和所有人不再一样。

他也会鲁莽地出现。比如，在我16岁那年，他动手教训了那个试图亲近我的男孩。

当我18岁的时候，我请他让我成为他的女人。那一年，他说他是43岁。并且，他说，在他所在的时光里，我们已经结婚了整整15年。

嗯，好吧。我还是要把我的初夜给他。对他，我是完整的。

那一夜过去后的整整两年，在我20周岁，他第一次在我工作的图书馆遇见我，我激动地对他说，嘿！我从小就认识你了。

他30岁的时候娶了我。在36岁的时候遇见了6岁的我。在43岁的时候因为一场意外事故死在我的怀里。在那一天的前夜，他回到了我的18岁，他让我成为了他的女人。

我再次见到他，我已经82岁了。这个从童年起陪伴了我整个人生的男人，温柔地抱紧我。他，还是43岁那个样子。

他参与了我全部的成长。他是我的爱人，我的丈夫，我孩子的父亲。

我终其一生都是他的女人。只是我的丈夫是个患有“慢性时空错位症”，会在瞬间穿越过去、现在与将来时空的时间旅行者，而已。

这个故事，就是小说《时间旅行者的妻子》。

在《盗梦空间》之前，它一度让我沉迷不已。

它让我沉迷地幻想过作者的手指，看她是如何撩拨时钟的长短，让那个叫“时光”的东西，神魂颠倒。顺着她编排的舞步规矩，进退。

时空朴素的离合走向，搅乱了。

故事惯常的行进方向，搅乱了。

有这样手指的，是一个女人，美国人——奥德丽·尼芬格。她的手指一定很特别，因为她是一个纸艺雕塑家，美国哥伦比亚书籍纸艺中心教授。在《时间旅行者的妻子》以出版物的物理形式存在前，她在白纸上把玩时空的样子就像故事里的女主人公克莱尔。她从事着和作家本人一样的职业，纸艺雕塑和绘画。在一张平常的白纸上琢磨出不平常。大概这样的行为气质是最为契合这样一个故事里的女人所应该具有的情感品质在二维里寻找多维度的曲折环返。

但很多人，一定还是和我一样，在阅读乃至后来观看了《时间旅行者的妻子》，才懂得激赏奥德丽·尼芬格“把玩时间”的天赋异禀。

据说天性纯真的美国人在小说迅速畅销后，甚至有不少读者疯狂地向各地医院和科研院所询问，是否真有如书中所著述的“慢性时空错位症”。当然，他们得到的是同一个答案，那只是一个名不见经传的作家天马行空的虚构。截止目前，“全世界”仅知两人罹患此症 —— 小说中的男主人公亨利，还有亨利和克莱尔生下的女儿。

时空旅行，从来不是什么新鲜的题材和体裁。

但科幻往往伴随着天地玄黄授命于斯人的个人英雄主义。古今中外，大抵如此，在世界灭亡前，神之子托胎换骨。

好像之前是没有一个故事如此婉约地娓娓道来，一个时空旅行者的故事，并且是穿戴着“妻子”的思维与视角。

我个人，对于所有“看自己妻子长大”的爱情故事，没有任何抵御能力。

就像《情人》里15岁半的女主人公说过的那一句：他的全部英雄主义就是我。

把一个6岁的小女孩从小到大慢慢培养成自己的爱人，还能在自己死后无数次重返她的身边 …… 这是男人的幸运，还是女人的幸运，还是爱情的幸运呢？

读到这里的你，你，或是你，谁能回答我。

奥德丽 · 尼芬格，在她这部处女作里只想谈情说爱，不想拯救全世界。她卸载了科幻的全部内存，然后重置的是全部浪漫。嗯，我是说浪漫了。

如果我们画两条生命的轨迹。亨利，是一个“跳线”的人。他 DNA 里怪诞的“慢性时空错位症”发作，他便毫无征兆地又不由自主地消失，穿越全身衣物，就像哈利波特们穿越壁炉，然后一丝不挂地在完全不等式的时间和地点出现。

为了生存，他学会溜门撬锁扒钱包，包括和捉拿有伤风化的警察赛跑。他不能控制自己下一站出现的时间和地点，但命运无不让他掉在他过去和将来的感情事件旁边。

当成年的他，从生命顺序的婚姻生活里“跳线”回妻子6岁的时候，月光下甜睡的枕边人，一刹那是个夏日阳光下幼齿的女童。这是多么令人炫目的深情一瞥。然后他还要等下一次发病，是为了 —— 等她长大。告诉她，自己是她未来的丈夫。她需要等待他。她在等待中，仍然需要一天一天自己长大。但是从小时候起就坚定下的情感往往不变了，而奔忙在“跳线”中的亨利的生命是一场异于常人的迂回深刻的旅行。那些不由自主的消失，不得不一再体验曾经遭受的经历，他只能旁观、重复品味着那些快乐、悲伤和痛苦。

克莱尔，时间旅行者的妻子。她的时间和我们一样，笔直的，一条线。她在时间的正常旅途中行走，只有通过捉摸亨利来触摸另一维的时间。当她还是个小小姑娘的时候，她就第一次遇到了从几十年后的未来赶来的爱人。这个未来的爱人，回到他的过往，她的现在，陪她长大。参与她的第一次约会、第一次做爱、第一次被人欺负。

她是他，种出来的花朵。

他和她聊天文、地理、历史、文学、美术、音乐，他协助她成为日后的她。

然后，等到，有一天，在她的生命线正确的时间，亨利正式出现，他和她宛如初见。两人再次初次做爱，再次认识彼此，并以此为起点，共度一生。

克莱尔的整整一生都在等待亨利，享受他以加倍的时间表达成倍的爱恋。

亨利和克莱尔像分居两地的夫妇。只是，他是会去往过去或者将来的妻子身边小住，再回来；回到妻子生命的顺序时间里。他不能自主所有的离开，但他总在竭尽所能地回来——“我不想在没有她的日子里”，这句爱的誓言用在亨利夫妇这里，显得格外深重。他们比所有寻常的夫妻有了更充分的时间。现实里爱不够，预支未来，回到过去，反复地爱，强调地爱，更正地爱……

一对夫妻，两个男女，完成相濡以沫、完成七年之痒、完成一夜情、完成兄妹恋，甚至完成忘年交……

这是对爱情的一种顶级奢望。

作家最才华横溢的，是她把玩着“时间”，把我们以为一路到底的这个概念，玩成了纠缠态。

亨利的病毒就是“时间”，病灶也是“时间”，并且他的药，还是“时间”。他的病毒吞噬他的时间，他的病灶生成他的时间，他的药修复他的时间。

亨利说，时间没什么了不起。了不起的是什么呢？《盗梦空间》或者是《时间旅行者的妻子》，总让我心生恍惚，会渴盼有来自未来的爱人率先走来，肯定爱的存在。

【关于时间的故事。之二】

雷蒙 · 福斯卡，这个名字走进西蒙娜 · 波伏娃的小说《人总是要死的》，落笔下来，他是男主人公。一个经过6个世纪不会死的男人。

很多年以后，香港文坛的小妖女李碧华写过一本小小书《古今大战秦俑情》。在蜚短流长里的张艺谋和巩俐逃到那个故事里，在一吻中，故事里的蒙天放便不死了。他可以用三生三世去等他的冬儿。但张巩的爱情还是死了，在这一生这一世里。故事是故事。爱情使人忘记时间，时间也会使人忘记爱情。

中世纪，意大利亚平宁半岛上并存着一百来个各自为政的小城邦，频年相互攻战，企图争雄称霸。城邦权力的建立依靠暴力和阴谋。君主们的生活骄奢淫逸，党同伐异。

雷蒙 · 福斯卡，就是诞生在这样时代的一个城邦国的国君。

他出生贵胄，这并不算什么奇特，他的雄心也不特别异样。他努力振兴城邦，他的梦想，或者说他的欲望，就是有一天自己的城邦国能与当时强盛的佛罗伦萨、热那亚，并驾齐驱。可是他感到人生须臾，无法在短短几十年的岁月中治理好一个国家。他盼望长生不死。就在他的城邦国沦陷的那一刻，一名老乞丐，举起一枚传自埃及的不死药。他望向妻子，妻子也望向他。然后她抱着他们的儿子，纵身从即将被攻陷的城池上一跃而下。

他 …… 吞下了那枚药丸。

他以为，他可以用他的长生不死，反败为胜，并且最终振兴城邦。那样他的妻子，即使已经死去，就会贵为天下之母。死，仍能极尽哀荣。但是，他的不死，只是给他一世又一世的见证。

从13世纪到16世纪，他600岁老而不死。他曾经参与了日耳曼神圣罗马帝国、基督教新旧派纷争；发现美洲大陆；覆灭印加帝国；经过文艺复兴；经过法国大革命；经过波旁王朝倒在群众起义之下；一直到工人阶级登上国际政治舞台的革命。这是一部欧洲大陆文明史的简史。

西蒙娜 · 波伏娃一生的情人，让 – 保罗 · 萨特说过，她不是一个优秀的小说家，她的这部小说并不好看，但是，我喜欢这个故事。因为它设问：不死是不是天罚？这是小说里除了历史、哲学和爱情以外，另一个命题。基督教里定义的"天罚"会是什么？有很多解。但西蒙娜 · 波伏娃说，也许就是"不死"。

我喜欢看德古拉（吸血鬼）的故事，在西方世界如果在尘世生活中肉身不死，只有一个邪恶的方式 —— 成为"吸血鬼"。而西蒙娜 · 波伏娃修正了"吸血鬼说"，她试图辩证的是，当一个人在不死的前提下，反观那些能死之人的时候，是天赋了一种控制天下的权力，还是根本就失去了控制的权力？

人生因为短促，因为我们终究会死，所以每个人就会在不足百年的生命过程中积极奔突。

人因为生命有限，而敢于作为。

死是一扇门，将错就错，或者痛改前非。

而时间经过600年，福斯卡仍有不变的容颜。他长得还算漂亮，身材轩昂健壮，年纪看上去真不算老。但他总是恬静得像个死人，眼神茫茫地感觉不到周围一点动静。

这是小说里福斯卡出场时的样子，已经600岁的他。

我一直觉得他是个大男子主义者，或者英雄主义到了极致。但如果一个不死的男人，即使是英雄、智者、君主，他生生世世从事伟业，但同时他生生世世只能看着自己的女人，轮回转世，一遍两遍，再一遍再两遍。

那个亲爱的人老死在你怀中，然后你就开始狂追，再从人海茫茫里要幸运而及时地找到那个女婴，运气差点她已经是女童、少女，甚至再差点，某一世你找得迟了，她已经是别人的妻别人的母。

那时那世，你纵使家天下，但你要把她带回你身边，还是太难。

那你还会为自己的不死而感觉幸运吗？说那是上帝的礼物而不是撒旦的诅咒吗？

这或许不是西蒙娜 · 波伏娃的《人总是要死的》。她写得深邃、理性和严谨。不死的雷蒙 · 福斯卡在她笔下从13世纪一直活到19世纪，他是用来走马她所观花的欧洲战争史、文明史的。

而我读的是爱情部分，是感性部分。

如果不死，比如雷蒙 · 福斯卡，他算不算有过一生?

那么“时间旅行者”亨利的人生是否也能算一种完整?

而本杰明 · 巴顿的一生，是一种成长吗?

—— 这就是曾经让我萦回不已的三个把玩时间的故事。

《本杰明的奇幻旅程》，是美国著名小说家菲茨杰拉德的同名短篇小说集的名字。那本小说集里，本杰明的故事原不算是最出名的一个，直到他变成布拉德 · 彼特的样子。

菲茨杰拉德，写过了不起的一篇《了不起的盖茨比》和温柔的那一篇《夜色温柔》。他笔下的爱情、生活、理想以及幻灭，是久负盛名的“爵士时代故事”，所以《本杰明的奇幻旅程》字里的旋律是一支蓝调的爵士舞曲。菲茨杰拉德说过，这个故事的创意来自马克 · 吐温的一句话：“如果我们能够出生的时候80岁，逐渐接近18岁，人生一定更美好。”

本杰明 · 巴顿正是有这番奇遇的幸运儿，时间的逆流让他走上了一条完全与众不同的道路，也品尝了别人无法经历的一切。但是，是否这就是最美好的人生？

至于《时间旅行者的妻子》，作为妻子的克莱尔明知道摆在自己面前的注定是一段充满艰辛和荆棘的道路，却仍然将自己的全部生命都用在了爱亨利上，她坚信两个人命中注定要结合在一起，即使她永远都不能猜测到他们什么时候会被迫分离，更不知道分开之后重逢的时间，但克莱尔却用尽了全部力气，与亨利情定今生。

人总是要死的，有爱会不会好过一点。

【外一则】

在2007年的12月29日，我发完一条短信后，突然失去了他的消息。

那是北京时间的午夜，那是美国西部时间的清早。穿过州际公路的大雪里，他的车开出这个世界的时间秩序。6天后，他们找到他。在还原他生前最后一个姿态的时候，他们告诉我：他把手脱开方向盘，伸向口袋，握住了手机，并且再没有松开。他的手机草稿箱里有一条写着我的名字却没有发出的短信。

过了很长一段时间，他的姐姐用他的号码把这条草稿送达到我手机里，成为一条短信。

那一晚我以为他回来了，就像过去一样。

看过关于时间哲学的一段话：

在大部分时间里，我们并不存在；
在某些时间，有你而没有我；
在另一些时间，有我而没有你；
在有一些时间，你我都存在。

本图摄影 易宁

在大部分时间里，我们并不存在；在某些时间，有你而没有我；在另一些时间，有我而没有你；在有一些时间，你我都存在。

上帝的视角　看地心引力

去看了《地心引力》。也许，可以说这是部极简版的《2001 太空漫游》。好多镜头，我都在想，呵，这是阿方索在向库布里克致敬吧！这样想着，常常突然地，就眼眶潮湿。但是我没有失重的空间，可以滚落一粒晶莹的眼泪，脱离身体，从面前失落。

《地心引力》的故事，极简。用一句话简述就是：一个女宇航员 Ryan 所在的太空站意外被毁、同事全部牺牲后，在浩瀚无垠的外太空努力求生，最终回到地球的故事。这部影片上映后，诟病和赞美相当。我喜欢它，喜欢阿方索具有的先锋性和实验性。这是部必须进入影院（IMAX）观影，体验这极简故事下的强烈生存思考的影片。

电影是一门技术与艺术、科学与哲学交融的艺术。在3D 影像技术走到《阿凡达》后的时代，技术必然要回归到服务于艺术和哲学思考的地位。于是有了——《地心引力》。

当你从 IMAX 影厅里，如临其境地失散在外太空，那个叫地球的家园，明澈在眼前，却遥远得像生死的距离时间。你会突然觉得，自己有了“上帝的视角”。你有了一种有温度的绝望，就是天堂的爱人想回家却不得归的绝望。那一刻，在剧场里，你无法仰望天空，因为你就是天空。

《地心引力》讲述的内容是阿方索·卡隆在不少采访中都表示过的：《地心引力》并非真正意义上的“科幻”，因为它的故事和风格都是如此现实，是基于现实的虚构，而非对未来的幻想。阿方索十年前就以他的《哈利波特3：阿兹卡班囚徒》，充分证明了他的影像想象力，所以他确实不需要再去做一部堪比《阿凡达》的特效大电影来证明自己的这方面的能力。

《地心引力》在极简故事背后扑面而来的有关向生的忍耐与向死的放弃、无垠的孤独与渺末的信心、目送失去的痛苦和无愧无悔的坚持，这是当代人的泛生存命题。

我们每一个人，与困在太空的 Ryan 有什么不同？越来越恶劣的自然生态与生存环境，屡屡令人绝望的连锁恶性人为事故，躲入狭小的自己空间，在不思进取与从头再来中挣扎。一次次渴望用一根脐带般的救命索，重回母体子宫般的再生方舟，重启、修复，重启、修复。

我想，《地心引力》是一部当下的时代寓言。它没有走什么高概念、强情节、激情速度，它就是在这个电脑游戏一代渐成中坚的世界，讲述一个90分钟的伊索寓言、阿方索寓言。

是我陪你到最后　虽然没有共老

我们每一个人都一定是某一个人，这是我们一生来世上走一遭的原因。比如西谚说，上帝造每个女孩子的时候，都已经为她造好了一个男子在某时某刻等他。

我们注定是要遇到一次至爱的。

无论是否在对的时间对的地点，是否离开，是否曾经或者会再爱上别人——甚至，是否越长越年轻……《返老还童》就是这样一个故事。

故事发生在1918年11月11日，第一次世界大战结束，美国路易斯安那州新奥尔良一家养老院。

黛西第一次遇见的本杰明·巴顿，那是一个佝偻苍老的老头儿。只是黛西知道一个秘密，那是只有那个年龄的小孩子才能知道的秘密，那就是本杰明有一颗和自己一样稚嫩的心。

尽管我竭尽全力，只是越来越多地失去你；但还好，是我陪你到最后，虽然没有共老。

黛西第二次遇见本杰明 · 巴顿，他已经逆生长成一个中年人。而妙龄的黛西是骄傲的女皇，世界是她的裙下之臣。她有烟花岸，来系杨柳岸拂晓春风；她有茜纱窗，来关公子床头琴音鹂语。是的，没有哪个男人可以越过她轻舞飞扬的眉眼腰肢。年轻、美丽，全世界都可以是裙摆。只要她转动，他们都旋转起来。向心力，吸引。

黛西第三次遇见本杰明 · 巴顿。他刚刚好的年纪，她刚刚好的年纪。有一首佛偈，像情诗——“你见，或者不见我，我就在那里，不悲不喜。你念，或者不念我，情就在那里，不来不去。你爱，或者不爱我，爱就在那里，不增不减。你跟，或者不跟我，我的手就在你手里，不舍不弃。来我的怀里，或者让我住进你的心里，默然。相爱。寂静。欢喜。”

本杰明从耄耋往青葱而来，他走在时间的倒序里。他每醒一次就年轻一次。黛西和我们一样，走顺时针的钟点，她每醒一次就成熟一些，年长一些，终有一天会老去。

他终于明白，原来逆向，也留不住生命的长远。

她离开，他回去，从哪头走到哪头，都一样是由始至终。而结局，是他不能照顾她。不能有即使苍老仍是男子的身躯去陪伴身边的老妪，他会回到婴儿，要她抱起。于是他离开。他说:我要在你不记得我之前离去……

黛西第四次遇见本杰明 · 巴顿，她是一个有丈夫有女儿的中年妇人。而那个花样美少年，带着一颗沧桑的心，回到她黄昏的时光里。黄昏的时候，我是一个喜欢坐在逆光的地方的女子，爱看一个人的剪影，特别是等待一个喜欢的人逆光而来。不用看清眉眼，一个剪影，就知道，是谁了。那次相逢以后，走向垂暮的少年本杰明，开始遗忘，那是一个老人的遗忘。望着她，遗忘她。无心，无神，无助的遗忘。

黛西第五次遇见本杰明 · 巴顿，他是藏在漂亮男童身体里那一颗历遍人情茫茫的灵魂。他完全遗忘，一天天，把一个男子、一个男孩的形骸都遗忘，遗忘成一个婴儿。然后在她的怀抱里死去。还好，她老得还能抱起一个婴孩，能听懂那最后一声，他的唇语——“仿佛我有过一生一样。”

尽管我竭尽全力，只是越来越多地失去你；但还好，是我陪你到最后，虽然没有共老。

他没有忘记　要爱你

内布拉斯加州（Nebraska）是美国中西部的一个州。百度百科这样说。

如果没有这样一部电影，我不知道世界上有这么个地方。内布拉斯加的首府叫林肯。那座城市里的一家报刊社发布了一张小广告，文案写得惊心动魄：你就是那个中了100万的人！当然文案是文案，绝大多数人被广告教育得处变不惊，即使满天雾霾长得像馅饼也断然要等到咬到嘴里到了胃里有了饱腹感肠子消化了肥了自家田时才能算相信天上会掉下馅饼。

但是有一个叫Woody的老头对此深信不疑。他决定从蒙大拿的比灵斯市步行到内布拉斯加的林肯市去领奖，所以你以为他一定是老年痴呆了。老妻和二子多次劝阻未果，最终正处在失恋期的小儿子David决定花两天时间陪老爸，也买个全家消停。于是开上破车载着老爸，父子二人出发了。顺路，他们去了Woody的老家，拜访久未谋面的同胞老兄弟们。于是，整个小镇的人都风传Woody中了百万大奖，Woody也成了镇上的红人，接踵而来的是形形色色的老朋友。

《内布拉斯加》是2013年度奥斯卡九部提名影片中，我最爱的。

亚历山大·佩恩是金牌编剧出身的导演，之前《杯酒人生》、《后裔》，都有我喜欢的人文情怀。执导十年，连出三部有影响力作品，不易。无论《杯酒人生》的“落魄的人生，褪色的青春”，还是《后裔》婚姻里的背叛与承担，谈的都是中年危机和临终关怀，也是美国经济萧条后的文化与信仰反思。我很喜欢《后裔》里乔治克鲁尼的一段表演和那句经典台词，就是这个在妻子成为植物人后得知妻子出轨的丈夫，在了然真相后，仍然在妻子咽气的最后一瞬间洒泪吻别。他说：“Goodbye，my love，my pain and my joy.”爱情之珍贵，是在懂得虚伪、逃避和背叛后懂得的。就像婚姻之厚重，是可以消化一切的，包括消化爱情。

就像《内布拉斯加》里，老妻喋喋不休的嘴，仍然吻上了病床上死硬的臭脾气老头。有个煽情的广告，描写儿子陪老年痴呆的爸爸下馆子，这个连儿子都不认识的老头，突然要把盘子里的饺子直接倒口袋里，儿子尴尬地问：你要干吗呀？老爸说：我要带回家给我儿子吃，他最喜欢吃这个馅的饺子了。于是广告旁白响起：“父母就是，他已经忘了自己是谁，但他都没忘了要爱你。”每看每泪崩。

《内布拉斯加》结尾，老头终于明白那张广告是假的。儿子以为他会精神崩溃，但他没有。他依旧两眼放光地说：有了一百万，我要买辆新卡车，我要买个新空气泵。剩下的，我要留给你们俩兄弟。我总要留点什么给你们……

这末一句，真是掘开泪点：他没有忘记　要爱你。

从哲学观来看，父子这一路，儿子是在寻找人生的终极问题之一“我从哪里来”，父亲是与人生的来处一一作别，恰就是“我到哪里去”。中间留给观影人咂摸体悟和反观自省的是，人生路复往始来 —— “我是谁”。

这是部好电影。

爱情之珍贵，是在懂得虚伪、逃避和背叛后懂得的。就像婚姻之厚重，是可以消化一切的，包括消化爱情。

上帝想看电影——15年前

"上帝他妈的终于又想看电影了！"

有人这样说。很痛快。

他说，上帝上次想看电影已经是15年前了。

香港院线永远用最商业的语文把影片准确兜售，比如《肖申克的救赎》，就是他们的"刺激1995"——

当这个年份已经作古15年后，我们在映像回忆里收集的刺激，不止是那个大雨滂沱夜里，和蒂姆·罗宾斯一起向天张怀时的全部解脱感。

如果《肖申克的救赎》不曾在那一年遇到《阿甘正传》，可能奥斯卡名单上会增加一部伟大的影片。可是那一片随风轻扬的羽毛还是倾倒性地拨动了小金人的走向——汤姆·汉克斯借一片羽毛成为天使，脱胎出《费城》多愁多病的身，被唯美（国）主义的阿甘灵魂附体，倾国倾城。因为阿甘，我们即使不相信也一定不再怀疑智商70的男子一生究竟会有多少种可能。直到今天，穿越小说近乎伏地横行的低空想象，是再难复制更难超越《阿甘正传》当年生造出的那些历史与个人约定的章回里轮番沉默心房、朵朵次第开的温暖。

如果心里有阿甘，总有一个角落有晴朗。改写心情的力量，强大过改写历史的力量。

第一，是海湾的海浪声，轻轻的；第二，海浪，大声的；第三，掠过悬崖的风声；第四，滑过灌木丛的风声；第五，爸爸忧愁的渔网声；第六，教堂的钟声；第七，岛上布满星星的天空，我从未感受到天空如此地美；第八，我儿子的心跳声。

这些属于《邮差》的声音，染蓝了观众们的眼睛。

诗，是用来写给爱情的，当然也可以用来革命。15年前，在大银幕上，小岛渔夫马里奥最大胆的求爱，是向著名的共产主义诗人聂鲁达求可以写诗的文字。15年后，看《朗读者》，我居然想起了那个渔夫——那些膜拜文字的心灵，并不在工具文字的人左胸里。

文明的使用者，板起教化的面孔，而如果对面是人性的天真，便败得卑微。

那么，告诉我，是诗缘情，还是诗言志？

15年后，英国导演丹尼·保尔收起了《猜火车》时竖起的中指，编剧赛门·波弗伊也提起了《光猪六壮士》里一松到底的裤子，于是有了《贫民窟的百万富翁》。不是愤怒才有力量的，就像悲悯的伊朗电影大师阿巴斯，15年前深情的《橄榄树下的情人》。如果看多会不怪，那么在太多有关伊朗的死亡和贫穷之后，《橄榄树下的情人》是上帝借给阿巴斯一幕轻快的厚爱。

阿巴斯说过："不通过虚构，我们永远无法接近真实。"而那些堪称伟大的创作，是让观众愿意以身相许进而通过虚构去完整自己的那份真实。造梦如斯，功德无量。

而陈涩的克日什托夫·基耶斯洛夫斯基也在那一年调出了《蓝·白·红》。命运是无数的放射线，交错与分离，只留下了几个点。

1994/95年，世纪末将临，那些对于宿命的困惑与迷茫，在《蓝·白·红》三部曲里被缝纫成一张整体——冷漠在孤独与空虚中，热烈渴望接触和容纳——这是我们——人类。基耶斯洛夫斯基在影片中贡献了自己全部的人性思考和哲学关怀，履行了身为文化创作者为观众心灵体验所进行的诚实索引。而跨越八个时区，王家卫也在思考。那一年完成了他经典的——"时间与人"的思考之作《东邪西毒》和"空间与人"的思考之作《重庆森林》。

如果没有周星驰的《大话西游》，香港电影史的1994/95应该是属于王家卫的。他的电影语录甚至从此成为语文，重要的是，周星驰亦如是说。

不是每个以出租录像带谋生的人，都能成为昆汀·塔伦蒂诺。1994/95，这个王家卫的影迷用他的第二部长片《低俗小说》，完成三件伟大的事。他完成了几百万投入博下2亿票房的不可能完成的任务；他一口气让三大过气明星约翰 · 屈伏塔、布鲁斯 · 威利斯、乌玛 · 瑟曼从此咸鱼翻身；最重要的是，他，让“独立电影”从这一年始成为电影编年史里新的名词。但是当势利的影评人还没来得及把“黑色幽默的经典”嵌上塔伦蒂诺的帽檐，就有了伍迪 · 艾伦的《子弹飞越百老汇》。他苦心孤诣得极尽荒诞，对知识分子挖苦入木三分，挖出来的苦浸沁着发亮的黑色，甚至可以反射生命里那些已经被放弃思考的部分。伍迪 · 艾伦的幽默不是用来笑的，当他让女主角说出那句著名的“Love is very deep，but sex only has to go a few inches”（爱情太深刻，性不过几寸），我们却深刻起来。

那一年，让我们的泪和笑不仅仅是表情的，还有张艺谋的《活着》、李安的《饮食男女》和姜文的《阳光灿烂的日子》。

能够思考，多好。

那是——

有《四个婚礼和一个葬礼》的春雨，有《燃情岁月》的传奇金秋，有《这个杀手不太冷》的那盆盎然植物，有《面具》、有《真实的谎言》、有《生死时速》，还有《狮子王》的15年前。

那是——

上帝他妈的想看电影的那年。

行到江湖深处

《一代宗师》，真好看。我感慨那个有规矩的年代！那么，感慨。

我想，王家卫用13年来酝酿这部戏，用4年来拍这部戏。他所追求的自己的武侠片、自己的民国戏，是想再现民国？不。是上溯至礼记，写中国人文化血统里的规矩。而反之观照的是现在，现在真是礼崩乐坏。

因为这部电影，知道了徐皓峰。然后，读了徐皓峰的小说《刀背藏身》，一夜难眠，间断有梦，梦的都是江湖事。徐皓峰一定是个乐观的悲观主义者。国术写得简而不拙，悲都潜隐在神魂里。他的文字有壳，但读进去了，就被俘。写民国江湖事，信笔就下了红尘进了楼馆去了贩夫走卒堆里，鲜活得像一屉小笼揭了盖，热气蒸腾，足见书桌上的功夫深。他的笔反哺前尘，是个做学问的人。

这个做学问的人，遇到做学问的王家卫。真好。《一代宗师》这部电影算是王家卫电影里好懂的。是的。但王家卫是个天才，天才的强势是足够自信。自信到全片海量的脸部大特写，这不仅仅是足够好的演员。这种自信需要足够自恋自己的故事、调度和班底，又有足够对电影语言的迷恋来支持。王家卫敢。看不懂，是我们对于过去太多失明失聪，是大家懒得动脑筋去理解一个有规矩的世界。

感慨，那么感慨，感慨中国的文化真是大陆一支，台湾一支，香港一支。大陆的已经损毁得不亚于塔里班炸毁了巴米扬大佛，只能对着空空石窟说，哦！这里曾有大佛，就像大陆文艺创作多见画饼的可笑和可叹。而台湾是抱了张家谱的游子，姓氏祖承虽有，但家也只是张谱而已。所以杨德昌、侯孝贤、李行甚至到李安，文艺里拧不干的太多故国怀想和漂泊沧桑。但只有画中的山水枯笔，毕竟没有山水；只有纸上的天地留白，终究没有天地。

而香港有大陆、台湾没有的江湖气。两岸是各自庙堂，都曾是党即家国，只有香港残存了江湖气，像金匜里那捧断发的灰，还私藏了风尘、性情、侠义、道行、三教九流，和那些规矩。比如，看吴宇森、徐克、杜琪峰、刘镇伟和王家卫。

一代宗师，是行到江湖深处。江湖到底是两个字：规矩。

文艺里拧不干的太多故国怀想和漂泊沧桑。但只有画中的山水枯笔，毕竟没有山水；只有纸上的天地留白，终究没有天地。

莫贪杯　你怎知下一杯不是“醉生梦死”

我收到一条短信，说：你不说话，悲伤都弥漫过来了。

我喜欢“弥漫”这两个字。每个人，成年人，都有自己的一个掩体。在掩体里可以绝望，但对外的坚固和枪眼里的顽抗还是显得要有底气、骨气或者是气质、气量、气度。我的掩体大概就是可以写字。

我喜欢看王家卫。从《旺角卡门》到《春光乍泄》，从《堕落天使》到《阿飞正传》，从《花样年华》到《重庆森林》，但我最喜欢的是他的《东邪西毒》。我知道很多有金庸情结或者武侠情结的人诟病他的改编：不伦不类，但我还是喜欢。一个优秀的电影导演是应该有自己的哲学观的。王家卫的哲学观就在《东邪西毒》里。

“一个人受到挫折，或多或少会找借口掩饰自己。其实慕容燕、慕容嫣，不过是同一个人的两种身份，在这两种身份的后面，躲藏着一个受伤的人。”这对慕容姓氏的孖生子是王家卫杜撰的。她/他的哲学符号，代表“分裂”。《搏击俱乐部》里我们看到人格分裂的搏击手是被自己打得头破血流的;《捉迷藏》里我们也看到那执法者苦苦寻找的杀人凶手其实是另一个人格的自己。而在《东邪西毒》里，凶巴巴的慕容嫣和慕容燕，先分裂身份再分裂心灵。与自己为战，是更艰难的战争，痛哭失声的慕容嫣或慕容燕，战胜不了的是自己的心魔。

独孤求败，胜利不是赢，得到自己想要的东西才是。无论爱情或者求败，他/她都永远得不到。一人分饰两角，痛苦不会分成两份，却要承受多一颗心的破碎。

“如果有一天我忍不住问起，你一定要骗我，就算你心里有多么不愿意，也不要告诉我你最喜欢的人不是我。”那个叫桃花的女子，也是王家卫设的。她代表“等待”。等待吧等待。等待戈多。你演了一生，你知道戈多是谁。一定是个人吗?

寂寞是一条长蛇，寂寂地没有言语。我不知道，还有什么比等待更寂寞。倚在斜晖脉脉水悠悠的水轩窗的张曼玉，手擎桃花，长淮望断，却仍旧萍满汀洲人未归。桃花一年只开一季，等待里只觉时间漫长无处打发。而在另一些人那里，时间却早已如刀，喉头已感觉到它如风的凛冽。盲武士想在自己还能看到一些光线的时候，回家乡，最后看桃花一眼。而他终于死在了沙漠里，只因为生死之战时，一片乌云遮住了灿烂阳光。有人因绝望的等待而死，有人为赴一个自己的约定而死，风里又有谁在说，更多的人是死于心碎。

“人最大的烦恼，就是记性太好，如果什么都可以忘了，以后的每一天将会是一个新的开始，那会有多开心。”如果尘世真有一坛“醉生梦死”，你饮否？这酒的哲学相便是“遗忘”。遗忘，那个癫狂的庄子说，相濡以沫，不如相忘江湖。江湖太大，找不到转身的起点；江湖太小，每一次刀光剑影都将如梦人生划得伤痕累累。记忆是痛苦的源泉，而痛苦却是人生的意义所在。因为叔本华这样说过：“人生是一团欲望，欲望不满足便痛苦，满足便无聊，于是人生就在痛苦与无聊之中摇摆。”

不甘心无聊的我们，于是总在拼命追逐着那些使我们痛苦的原因，遗忘变成一种奢侈，醉生梦死变成一个无法解脱的悖论。那一坛记忆的解药，却只是为了提醒你记忆的存在。欧阳锋说：“其实醉生梦死，只不过是她跟我开的一个玩笑，你越想知道自己是不是忘记的时候，你反而记得越清楚。”我曾经听人说过，当你不能够再拥有，你唯一可以做的，就是令自己不要忘记。遗忘的尽头，是无法忘记。

王家卫要给梁朝伟一个角色，于是有了盲武士，盲武士从哪里来？不是金梁古的笔下，不是张彻胡金铨的胶片里。这个盲武士，走了几步，他的背影写下两个汉字：孤独。

这一刻，我对面楼里人家通明的灯在渐次暗去，我感觉到孤独。我不知道被妻子和朋友同时抛弃的盲武士背着一把剑，在爱恨的夹缝中，在日渐黯淡的天色中，孑孓行走的时候，内心是怎样的一种孤独。爱恨到了一定的程度，便倏地失去了分量。

30岁是一个关键，当他开始渴望做一件事情，这件事情便注定要变成遗憾。因为，只有悲剧，才具有更动人的力量。去杀马贼之前，他已知道结局。当他走过那个女人身边，突然有了一种冲动，把她一把扯过来，肯定而有力地亲吻，压抑已久的爱意和激情在瞬间喷礴而出。生离死别之前他吻不到自己的妻子，这是最绝望的一个段落，在一个男人对一个女人的吻里，我们看到的却是他对另一个女人的爱情。心痛至此。

如果真有东邪西毒、南帝北丐，他们站在华山之巅的时刻，又是怎样？他们一生杀人无数吧。他们一生行走江湖，浪荡欢场也遗情无数吧。欠了命啊惹了心啊，时间过去，不过灰烬。西毒离开那沙漠小屋的一刻，一把火烧尽。这东南西北，是四个人，四种人生吧。是四条平行的时间线索吧。是灰烬。

Ashes of Time，这是这部影片的英文译名。王家卫译的。时间的灰烬。生命这把火烧过，总有灰烬留下，那一点余温都显得如此冰凉。曾经的爱情就像一场大火燃烧了每一个人，那一瞬间的激烈壮观留下的只是满地的灰烬与千疮百孔。

火焰到底是一种什么物质，固体？气体？液体？那样漂泊不定，那样壮怀激烈，熄灭时又那么无奈而悲伤。没有形体又有形状，你永远抓不住它，可你触碰的霎那时它就狠狠把你灼伤。我想它一定是一个受过伤的灵魂，因此永远不再让别人靠近，烧毁所有，只因为它想忘记。但总有灰烬会留下，像记忆的碎片，无限感伤。

所以电影最后，欧阳锋一把火把房子烧了，转身离去。焚烧总是告别的一种方式，忘不掉的，至少消失了。

对的。这一场大火的名字，就叫做时间。她说："在我最好的时候，我最喜欢的人都不在我身边。如果能重新开始那该多好。”他说：“以前我觉得那句话很重要，因为我觉得有些话说出来就是一生一世，现在想一想，说不说也没什么分别，有些事会变的。”

王家卫说：“我知道，要想不被人拒绝，最好的方法就是拒绝别人。”

莫停杯，莫停。人生就一次谁会活着回去，都不过是快意。

莫贪杯，莫贪。你怎知下一杯不是“醉生梦死”。

其实醉生梦死，只不过是她跟我开的一个玩笑，你越想知道自己是不是忘记的时候，你反而记得越清楚。

浪子范柳原

俊朗却已雕刻时光的脸，玩世不恭的气质，一会儿认真，转瞬又开始胡闹。在大上海的交际圈，在香港的不夜场，任谁都看不出哪句话是真，哪句是假。这就是，范柳原。

张爱玲的小说，《倾城之恋》不是成就最高的，但流传之广，无出其右。“死生契阔，与子成说，执子之手，与子偕老。”这首原是讲兄弟情的诗，被张爱玲安排给了范柳原用来谈恋爱，此后便成为了爱情绝句。

范柳原的本人大抵是胡兰成在张爱玲心中最美好的寄望。她一定也盼望着自己乱世中的爱情能成为一段平淡的永远，只可惜胡兰成有范柳原的玩世不恭，而张爱玲却没法像白流苏一样成全自己。所以张爱玲似有先见之明地安排范柳原在说出爱情宣言后，又自己大批荒唐，甚至说出婚姻是长期的卖淫。

在张爱玲笔下，范柳原是慌张的。这慌张也是张爱玲的慌张，明明在心里企盼着，却又清楚地知道不可能，只好用一句刻薄到极点的玩笑话打消这个念头。这话是范柳原说给白流苏听的，也是张爱玲说给自己听的。似乎只有坦然地接受了狗男女这个所谓的现实，才能安心地享受一生至爱的男子只能给她短暂而又自私的爱意。

《倾城之恋》的深刻，就是张爱玲刻画了极尽魅力的翩翩范柳原最能满足天下女子的最痴情，又让他自己坦陈出一个男人全部自私。男人就这样。爱、不爱，女人、你定。在我看来，张爱玲的范柳原是中国文学长廊众生相中唯一的“白瑞德”。《倾城之恋》是中国只有男主角的半部《乱世佳人》。

范柳原。他不是公子，又是。不是花花公子，又是。不是伪君子，又是。不是正人君子，又是。不是游戏人间，又是。不是痴心绝对，又是。上世纪80年代邵氏改编《倾城之恋》，是张爱玲小说改编电影的唯一佳作。周润发的范柳原，缪骞人的白流苏气质吻合。出品邵逸夫、监制方逸华、策划乐易玲、导演许鞍华、副导演关锦鹏，这样的大咖阵容在香港电影史和中国电影史上也是独一无二的一次。而此后，中国男演员再堪配范柳原的几无可圈。

我以为，一个能演范柳原的男人，是因为有一种戏剧的 POWER。那种令人生出迷恋来的巨大能量的表演。巨大能量的表演一种是化灰，表演者自己是TNT，拥抱观众，一起在故事里心神澎湃。一种是蚀骨，一滴水银，在观众七情六欲里找一个小小伤口，水银人，观众在他面前剥皮见骨。那种表演不是“飞龙在天”，是“见龙在田”——

不要全见，要有明灭……

等着，范柳原。

既然青春留不住

沈佳宜说："谢谢你喜欢我。"
柯景腾说："我也很喜欢当年那个喜欢你的我。"

我喜欢的，是那个喜欢你的自己。—— 这应该是《那些年，我们一起追的女孩》最好的注脚。作家九把刀说："拥有爱的能力，是证明自己拥有生命的无限可能。"

是的。多年以后，多少次爱情以后，我喜欢的是，能喜欢的能力。甚至，胜过了喜欢你。

关于人到中年这件事，是听说很久，准备很长，确认很反复，落实很难的一件事。其实简而言之，人到中年就是，不管你承不承认，你都知道了：人生是"用过即弃"的过程。比如青春、童年和无所畏与无所谓。

在我们少年的时候，就是"那一年"，我们还是一起被追的女孩。我们相信，用旧的东西可以补。现在我们知道，用旧的东西可以扔。

“用过即弃”，这是当下人的物质生活。大量抛弃物质，凡是过了保质期，就彻底失去忠诚。现代人的精神生活也同理。你随时可以见到用过即弃的爱情，用过即弃的热情，用过即弃的关注。

“岁月你别催，该来的我不推，该还的还该给的我给。”我喜欢李宗盛这首写给自己的歌。是的，二十岁的时候，觉得三十岁就老了。三十几岁的时候，觉得还是年轻的。然后四十……可是，四十还不老吧。我们依旧不顾一切地以为自己很年轻，并为此任由自己的放肆个性，赖在青春期不肯中年。

去年7月起，在时隔六年之后，李宗盛终于又开始举办起自己作品的小型个唱。从台北始发，北京、上海、广州……一个城市一晚。他给演唱会取名：既然青春留不住。我真喜欢这七个字。首场演唱会进行到一半，全场800人合唱。54岁的半老头，抓抓花白而少的头发说：“我想你们了。”但是除了这句，他又说不出什么了。于是他还是响应全场掌声说：“我们还是唱歌吧。既然，青春留不住。”

“既然青春留不住”，那就赶紧老吧，中间太过漫长，也太辛酸。不如意事常八九，可与人言无二三。那一年，我们一起追过的青春。追着追着，就散了。

一个90后的小朋友有一天和我聊起爱情观，她很认真很用力地说：我们这一代不会相信天荒地老。我看着她，很认真很用力地想了想。没有说话。

离开后，我给她发了条短信。我说：天和地，从来不相信已经荒老的我们。

天和地，甚至从来不谈论我们。所以爱情从来不必拿天和地来相信。我们不配。

但是她应该不会懂。她还是沈佳宜、柯景腾的年纪。毕竟这个世界上，能感动人的永远是能让人感同身受的事情。但是不过没关系，再过几年，就懂了。既然青春留不住。

“既然青春留不住”，那就赶紧老吧，中间太过漫长，也太辛酸。不如意事常八九，可与人言无二三。

半为苍生　半美人

很久不看电影了。原是约谈公事，却苦寻不着落座的地方。大朋友说不如坐到电影院去吧。

《十月围城》，据说酝酿了十年的电影，讲一个一百岁的故事。

当一个个义士前仆后继，生卒年表起，我发现那是一群19世纪的七零后八零后。

倒下前，他们是财主、富二代、草台戏班班主、车夫、难民、赌棍、小贩、打工仔，以及乞丐，混迹街头，芸芸众生。他们在他们的生命历程中迎来他们的那一个震荡的新世纪。然后被历史的洪流裹挟着，失所，流离，然后在某一天他们集体英勇就义。

革命的残酷，就是让太多青春，成为牺牲。太青春，血气都新鲜的，艳红，滚烫。

在深黑的剧场，我渐渐嗅到弥漫开来的汗与血的气味，掺着一座市井老城的尘土气和烟火味。像酿得混沌的老酒，突然开坛，呛鼻。浓的味道都是有侵略性的，会霸占它释放的环境。

我觉得自己坐在血腥的混乱的空气里，然后咽下了，两行有点咸苦的眼泪。

半为苍生　半美人。

因为死在主义之名下，并且主义最终胜利。所以他们的死，在一百年后的故事里，可以被概括成浴血拼搏，英勇就义。

但是真正的生命其实就停在了一吸之后，—— 生命的长度，就是一呼一吸之间。少了其一，就没了。

这些死去了的那一代的七零八零后，有为一改前非死了的，如赌徒沈重阳；有为错爱做个了断死了的，如刘乞丐；有为舍身救主死了的，如阿四；有为誓报父仇死了的，如方红；有为师承正名死了的，如臭豆腐王复明 …… 还有那么多举着米袋、拉着车、在屋顶放风、在沿途奔守的无名的人。不，他们不会是无名的，他们只是在故事里的无名。他们只是在没有流传的失忆的历史外无名。

所有的生命，都一定有名字。即使只有他们的妈妈唤过他们的乳名。

半为苍生　半美人，就是家国。

其实所有的信仰，都是如此的。

为了女儿身入豪门的侍妾是不是有伟大的母爱？为了孩子有一天可以为父亲而有一份光荣感的赌棍把命都豁出去的是不是父爱和爱？为了一场暧昧不明的错爱浪迹街头纠结堕落，最终以一场英雄主义的血战了断不堪人生的乞丐，在爱人一滴泪的幻象里含笑气绝，他放下的和得到的是不是爱情？还有不算成才的少林弟子和没落将门的青春叛逆女，他们舍命的理由是不是主义？

还有那个颤抖的替身，他是因为青春而选择信仰。因为那个信仰足够青春。在自知必死的一路上，他的汗他的泪他那无比真实的惶恐，是这个16岁少年自己的。

他们都是不知道“革命”真正的意义和惨烈的——那些抛头颅洒热血的少年。

好的故事，就是真实地告诉我们，所有生命必存求生的信仰，才会坚持赴死的慷慨。

而信仰，可以是苍生，当然，也可以是美人。一定是可以的。就为了一家人可以骑着车，或者是明天去娶那个窗户后面漂亮的姑娘。

信仰，半为苍生　半美人。

但是真正的生命其实就停在了一吸之后，—— 生命的长度，就是一呼一吸之间。少了其一，就没了。

再不相爱　就老了

天刚向晚，我趴在书房的窗台上看着大楼在对面那排窗户上倾斜出一个漂亮的暗影。

这一天醒着的时候，我一直在看天和云。陆续收到北国朋友的短信彩信，说一雨入冬，乍寒。猝不及防就冷了，甚凄惶。而江南今日，晴空潋滟，碧天如洗。还是温暖。

从我书房的窗北望，是苏杭高速的一角。从任何角度切进去，一定有那块黄色长方的警示路牌入画，它说：雨雪霜雾，减速慢行。我一直觉得这八个字很有趣，或者我们换一种态度，是不是也可以看作是让雨雪霜雾，慢慢来呢？

你知道的。我是秋天生的孩子，每到层林尽染的这一季，我总是变得如待产的婴儿般，杂糅着万般情绪，如初入世般不安、兴奋，或者怯懦，也有释然。

冬天啊，你慢慢来。

日渐斜的时分，接到好友信息。他说，去看《山楂树之恋》。

好吧。他是去看张艺谋，带着郑重的心。而我，轻简地只想去看一场爱情。

常石磊的歌声在全剧终的时刻，款款响起，脉脉含情。剧场里，灯亮了起来。我回头看了一眼后排那一家三口，怀抱在年轻爸爸胸口的小姑娘大概才四五岁的光景。在剧中，少男少女主人公第一次并排而坐的时候，大屏幕上17岁的静秋似懂非懂地绯红了脸颊。身后这个只四五岁光景的小姑娘，在剧院中，突然嘹亮地、似懂非懂地发问："妈妈，哥哥为什么不去吻姐姐呀！"

剧院中有几片轻笑。

我听见身后的妈妈用吻缄小宝贝的嘴，试图降低她的分贝。

但小丫头还是继续童声朗朗："哥哥喜欢姐姐呀！为什么不吻她呢？"

大家都笑了。

大屏幕上，老三轻轻地轻轻地亲了亲静秋的发鬓。这大概不是今天那么小那么小的孩子们都懂得的吻。

走出影院的时候，好友回头看看我的脸，然后体己地跟着我走向化妆间。

我在那面长镜前看看自己的眼睛，不是悲伤吧。原来，还是相信——爱情的吧。是吧。

好友站在化妆间门外，背对着。抽烟。

我从他身旁走过，然后他跟上来，也没有再看我的样子。下电梯的时候，他在身后笑笑说：你觉得还好吧。

我知道他指的是影片，并且分明听出了他的失望。他失望的是张艺谋，不是这清纯如水的爱情。或者他根本不介意这样的爱情。日子久了，年纪渐长，我们和绝大多数人一样都活过了相信爱情的年龄；和绝大多数人一样都不太相信这个世界上还有这样的爱情。即使是个故事，也还是会要抢白两句，说假纯，或者装 B。

否则，绝大多数长大了的我们，怎么会活得如此草率狼狈，如此囫囵踉跄？

电影故事里的老三在小别数周后，终于见到了静秋。于是他从已经离岸的渡轮上不假思索地跳进水里，快跑上岸，他从湿漉漉的裤子后袋里抓出几张钞票，塞在她手里。

他说：去交运动服费吧！我偷偷看你排球训练了。全队就你一个人还没有运动服。

原来，“女为悦已者容”也可以就是穿上这样一件全棉的运动服。

然后，你看到了 —— 她是多么美丽啊！那么美。

现下，还有没有一个男生为你跳下已经离岸的船，只是为了你在岸边轻轻的一声呼唤?

越来越多的孩子，在还没有真正爱过的时候，可能就会开车了。并且可能，比恋爱更早他们就有车了。或者当他们去谈一场恋爱，去看一场电影的时候，他们会站在路口，扬手打一部的士。

鲜有这样的少年了。

女孩坐在一个男生28自行车的前横杠上，并且因为害怕熟人相识而把自己的脸钻起男生的大衬衫里。

鲜有这样的阳光，鲜有这样的爱情，和可以在二十多年后回忆起来的 —— 初见的美好。

好友开着车送我回家，路过这灯火璀璨的都市夜。他还是发了几句牢骚，关于这部电影。

我知道当我们计划着拨出这样一个周末夜晚的两小时，不泡吧，不赶饭局，不公关交际，不打牌，不陪笑 KTV，不看八点档电视长剧，只为赴一场打着张艺谋 LOGO 的电影。我们内心在快速演算价值感，换算我们的满意度需要多大额度才可以饱满。我们饥渴着明天的谈资走进今晚的影院，却只看到 ——

张艺谋给了我们一张儿童画。

红色的太阳，金黄的月亮，绿色的草和开出红色花朵的一棵大树。那穿着白衬衫蓝裤子的黑头发男生，跟穿着红裙子的女孩。

或许我们很难对一张儿童画破口大骂，但就像好友难以掩饰的，总还是扫兴。扫兴的或许就像是正襟去趟苏富比，本以为可以见到毕加索、高更、莫奈、梵高，却看见的是一张张蜡笔儿童画……

你是断断不愿意举起号牌来竞价了。因为你本能觉得不值。

啊，是什么不值呢？

儿童画里的美丽和爱，为什么不值我们的这个周末里的两个小时呢？这是一个怎样的不等式？大概——是因为我们对于美对于爱，已经不再相信。我们只相信价格。

好友想了想。沉默了。

我在《山楂树之恋》里哭泣。这是因为在那里找得到我的故事我的台词。我为我的情绪找到一张儿童画的手帕来盛眼泪。至于别人怎么看，这与我无关，也与张艺谋无关。

YEE 最后一次回到我身边是2007年平安夜。这一晚离他罹难只余下5天。

我们并不知道他的生死簿如此残酷。

那晚他对我说：亲爱的，我给我们种了那棵银杏树。

在我父母结婚四十周年纪念的时候，我给他们选植了一棵不老松。在古运河畔的公园。他们很爱那棵树，一年四季总是会去探望。那棵树前我为他们勒石作铭，用了《诗经》里那一句：执子之手，与子偕老。

YEE 听说后很羡慕。我们相爱后，他说他要为我们植一棵树。选了很多种，最后我说还是银杏吧。长寿的树，并且秋天最美。无论在何地见到它，都让我想念北京。他说好极。

但是最终他还是忘了或者是故意没有告诉我，那棵我们的树，他种在了哪里。因为我们总还以为有的是时间，来得及相爱。

上周末，我回了趟北京。从东直门地铁往三里屯去，一路的行道树是尚青青的银杏。在那日清凉晴朗的阳光下，落地一片树荫。

我走在那树影里。

突然想，它们就是他种的那棵。全部都是。这座城市里所有的银杏都是他留给我的秋天的美好。爱情的美好。

如果你去看《山楂树之恋》会流眼泪，也许你还是相信爱情的。

那就相信，并且爱吧。

再不相爱，就老了。

我们曾经约定临摹一幅，挂在我们卧室的床头：

小屋三间，坐也由我，躺也由我。
老婆一个，左看是她，右看是她。

鲜有这样的阳光，鲜有这样的爱情，和可以在二十多年后回忆起来的 —— 初见的美好。

背影　不可追见　英雄

用一个多月的夜晚目送刘备竭尽一生。—— 演员于和伟，在新版《三国》里给了刘备一副样貌和肉身，再添血气、心机和信仰。我在电视前和他照面，时而信以为真。

多少次仓促羁旅，多少次寥落行役，在收敛悲欢背后，悲欢。

然后，怆然托孤，溘然而去。

穿越一千八百年早已板结的红尘，于和伟的表演在那一刻让我深信，白帝城永安宫里垂危的刘备亦是如此，把英雄末路的无奈，重重放在了轻轻抚过阿斗脸庞的掌心，然后按捺，也按熄了生命的最后一握流光，撒手离开了他的 —— 沙场。刘备所得这几分天下，至死也不尽是王土，依然只是他的沙场罢了。

当白帝城披上重孝，远在涿郡故里的桃园也一定败落了。那几年人间三座遥远的新冢，盛放着两个身首异处的英雄和一个未及治政的国王。仗义天下的蜀刘阵营，那支曾经华丽的将相团队，最后还是在义气用事里杂沓谢幕。

刘备，是曹刘孙三雄中唯一客死征途的。他终其一生，都在路上。因为于和伟版的这个刘备，去读了《三国志》、嘉靖壬午本《三国志通俗演义》（二百四十回的罗贯中原著）和张作耀先生的《刘备传》。想看看这个一千八百年前的男人走过的路。这是演员的功德。好的艺术让历史起死回生，爆发出新鲜的好奇。

不乏乱世的中国历史长卷中，快意恩仇的三国时代总是最常被后人追思的章回。英雄豪杰们栉比起立又鳞次没落，人浪般起落在浩瀚的历史长河中，终其一生不过在刻板的正史里攒千儿八百字，更多的民间记忆在民间故事里失真——比如，刘备。

三国那一代啸傲江湖的男儿大概不曾想到，他们身后从沙场落到书场。几卷话本几出戏文，养活了一代代红脸的关公白脸的曹操羽毛扇后的诸葛亮，以各色流传和后世不间断地打着照面，向我们敛去了挂名历史的出场费和香火钱。比如关羽，在三炷香后上了莲花座，被泥雕木塑金装得神圣美好。不知道这个骄傲的将军如今要如何虚怀若谷，才能承担得动天下华人关于生意、性命和形形色色心事的托付。

而时光继续，三国的他们与我们相见的成本似乎与日俱增。从天桥下几个铜板听戏听书到动辄亿万筑庙造城或影视巨制，然后再走进一座座修旧如旧的假庭院假城廓，或坐进影院、打开电视——他们长成了梁朝伟、金城武或是于荣光、陆毅的样子。而刘备这个名字，终于藉由于和伟，有

于和伟饰演《三国》中的刘备

河北江东快马飞舟上的热血男儿断不会转过身来，和我们四目相对，以告生平。在回忆里，在记忆里，永远没有写真。

了他除去眼泪以外的——一个乱世英雄的样子。

在几乎所有艺术形式的三国故事里，都有这一章节：甘露寺。

荧屏上的新版刘备顺着电视剧铺陈的时间线索，如约走进北固山上的甘露寺，践行刀光剑影的婚约。这一段，于和伟演得最是慷慨铿锵。精彩得像一头雄性动物在群兽与母兽面前沉静地散发出它咄咄的吸引力。

于和伟饰演《三国》中的刘备——河北江东快马飞舟上的热血男儿断不会转过身来，和我们四目相对，以告生平。在回忆里，在记忆里，永远没有写真。

《三国志·蜀书·先主传》对孙权嫁妹、刘备赴京口一段，只给了区区十六个字。到《三国演义》小说里，尤其是毛纶、毛宗岗父子刀削斧砍的清初一百二十回版本里，刘备更是全仗着诸葛亮神仙兮兮地给出三只锦囊和赵云贴身护驾哆嗦着去的。京剧《龙凤呈祥》"甘露寺"一折，刘备的性命则有一半靠乔国老脍炙人口的"劝千岁杀字休出口"一段唱保全下来。

新版《三国》的"甘露寺"这一折，刘备在甘露寺里却是向死求生。他不是躲在赵云一侧的那个，不是直等乔国老亮嗓的那个，他是字字掷地有声的陈述者。这场陈述有立场有气节，即使立场和气节是他的集团私利，但扶汉大志和仁义情怀仍然撩动了孙小妹的心弦，便有了那一曲箫声释刀兵。于和伟表演了刘备这置之死地的一跪，具有强大的御敌力量。——如果是舞台表演，我坚信这一段落必定是满堂彩。——那一刻，断不是一个虚伪的政客搏命下注。年近半百的马上英雄，不是用他的双膝在跪乞领土或者生命。他是要和他的前半生作别。

刘备的前半生，依曹操，依陶谦，依吕布，依袁绍，依刘表，东窜西走，寄人篱下。每一次被所依的那些明公们宣至帐前，他并不知道接下来的会是青梅煮酒，还是辕门射戟，或者，就是死了。刘备的心境草草，总是没有安全感——因为，无地自容。

于和伟表演出了在一无所有的时候刘备选择的面目平静。就像动物学家告诉我们，在野兽面前，如果不想成为猎物，至少你绝不能表露出畏惧。

吴棉已把桃笙换，流光最惊羁旅。艺术还阳历史，有时是拨乱反正，更多也是无中生有。

生动再现的甘露寺里刘备与孙权相见的那个清早，是不是当年的样子，当年是不是有这般样子，无处考问。三分天下的英雄们佚失样貌，谁主山河的戎马金戈，在史志诗赋的故纸堆里敛尽刀光，只等着后来的读书人。

“汉室支庶”。“少有大志”。“乱世发迹”。

——这是张作耀先生《刘备传》里对这个涿州少年最初的介绍。刘备，涿郡涿县人。1800年前，在他24岁那年，和同乡张飞，结交了一个“亡命徒”死党关羽。确实——死党，正史之外，所有的中国人都坚信不疑那块故土有一座图腾式的“桃园”，高度定义了中国人的一种特殊情感关系——“义结金兰”。虽然义气如今多现身江湖，但不能否认几乎每个中国人一如等待爱情般，憧憬着这样一份情感际遇。莫失莫忘，不离不弃。

公元199年，39岁的刘备接受了汉献帝的血诏，不久以借兵灭袁术之由离开许昌，等于是反了曹操。更重要的是，这一次他举起刘姓的旗帜，并不仅仅是自尊，重振这姓氏的崇高就此成为他终生事业。

新《三国》中的片断如此：当汉献帝哭倒在刘备怀里，喊他一声叔父的时候，刘备从此不同。于和伟用进出宫门的一个上下场，表达了刘备价值观的彻变。这段表演已经得到公认。

如果我们回味一下，进门时的刘备对门禁说，你得让我进去，否则我告诉曹操，你吃不了兜着走。这时的刘备要的还是急智，算是点小聪明。他没有料到孱弱的傀儡皇帝，不是夜来无事，找叔叔续续族谱，而是毫无罅隙地将刘汉兴亡事一股脑儿托付过来。这一刻刘备那些少年壮志全部贲张出来。是的，我是刘皇叔。他坚定地要掮这个侄儿、这个皇帝的重托，扶佐即倒的江山。出门后，他断喝门禁的那一声“放肆”是忘形的。他完全在义愤、兴奋和激动中。这一声同时也喝醒他自己，然后他很快张开手臂，噙住眼泪，不动声色，这时的刘备开始了他性格新的历史。所有的屈辱对他而言，都是一种磨砺。他开始驾驭自己的情绪。这是智慧。

离开曹操的刘备投靠了袁绍，那一年他40岁了。一年后，逃出袁营又投靠刘表。直到三顾茅庐请出诸葛亮，那一年他已经47岁了。放在当下，一个47岁的男人如果屡战屡败，一事无成，要事业没事业，要房产没房产，要钱要粮还要看人脸色，基本也会选择自暴自弃了。半世蹉跎，什么理想？都别想了！但刘备没有放弃，他奔走，求教。这就相当于一个快50岁的人还在到处上补习班，什么代表先进生产力就学什么。

这样的人，有强大的内心和伟大的人格。在《三国志》里，陈寿给他的赞语是：折而不挠。

折而不挠，是刘备给我们的精神遗产。尤其是当下这个多元的社会。在一元的社会，人缺乏选择，学习、工作、生活大都从一而终，也没有太多可能性。随着社会的多元化，价值观、人生观、世界观随之纷纭复杂，“选择”成为了一种生活常态甚至是生活观。很小的孩子人生观、世界观都还没有形成，就先有了价值观——值不值得？他们总是这样问。如果我们说：要坚持。他们就说：哦，那不值得。

当机会看似越来越多，选择也就变得容易，从性价比看来，坚持反而成本过高。于是“放弃”似乎是最便宜的方式。坚持到底，好累的。会成功吗？不成功的话，为什么要坚持呢？如果不坚持，你怎么知道会成功呢？

如果从功利来看，刘备一生不能算成功，但是他在成长成熟之路上具备了高级的情感管理能力，这也是非凡的品格。在物质的计较以外，其实人类有一种精神的修为。除了物质的财富以外，其实人类还有一种财富是精神。

我很喜欢当年明月在他《明朝那些事儿》里对英雄的一番论述。他说，其实真正的英雄是一群心怀畏惧的人。在艰难面前世人多选择畏惧，英雄也就在此时出现。他们不是不懂得畏惧，不知道困难，而是能唤起自己的力量去战胜畏惧。懂得畏惧的可怕并最终超越它、征服它，成为它主人的人，就是英雄。

刘备就是这样一个英雄。

历史是没有真相的。因为与世长辞的人们留下最清晰的多不过一张背影。字里行间那些河北江东快马飞舟上的热血男儿是断不会转过身来，和我们四目相对以告生平。

站在历史的背后，我们永远看不到他们的真相。我们只能感谢好的文学和艺术，萌生出我们新鲜的好奇，藉由一棵探索的根苗，去发现我们与那些远去背影之间，与物质无关的那些继承与观照。

感谢这一场好的表演，在千百年后重生了我对刘备的好奇。我相信，好的艺术也是多年后的历史。

干净的欲望

这几晚喜欢上一个女人王翠平。她其实只是一个角色，电视剧《潜伏》里的女主角，但就是那么喜欢她啊。这话听着太暧昧了，而且花痴之极。大概 …… 春天了。

王翠平是一个心里干净的女人。

“心里干净”，语出《团长》一剧，是龙文章对小醉的评价。“…… 年纪都轻，心里都干净。……”

喜欢《团长》那阵子，不完全是因为剧，也不完全是剧本。都看了，都喜欢。我迷恋的，是龙文章的人物类型。这个人物类型的出现，在戏剧和文学中，有他的创建性，即使不饱满。至少我以为。—— 所以我是迷恋创建性的。

喜欢王翠平以后，我自省，并且承认，我应该是一个年纪不再轻了，心里头也不全都干净了的女子了。用到“承认”这个词儿，就像写检查了。检查之所以通常沉重，是重在不诚实还是重在诚实呢？这是个命题。公平来说，年纪轻不轻确实由不得已。生命不可逆，心里干不干净就怨不得人。那么，叛逆可不可逆？

和《团长》比起来，《潜伏》很干净。干货、净值，没什么水分，也没什么土茬，就是成分优质的爹娘胎教充分孕程完整足月生出来的精品婴儿。人物放在书里，是字，就是个成熟作家、剧作家好好写出来的故事。不疯魔不妖孽不惊世骇俗，这就干净了。干净也没什么不好的。

干净好。就像王翠平，就像姚晨的样子。

《团长》里我喜欢的男人是东北佬迷龙。拉一车话来形容他，到头就俩字——爷们。男人身上那点儿尺长寸短，他都敞亮着。不做瘪犊子，也不装瘪犊子。架也打仗也打，爱也做买卖也做。在当时当地的阵势下，他不觉得活着难，也不觉得活着难得。这是心里头干净。

王翠平也一样。她不会觉得“多难得”，这比不觉得“多难”，可真是需要心里头有着干干净净的地儿。

活着不难，也不难得。别把欲望落到底，也别让欲望横生。

有人说《潜伏》和《团长》说的是信仰。也是的。

不过，我想，其实说的是欲望。

—— 前几天杂志上，梁冬采访一个中医。中医说：“欲得要，活着就是欲。无欲则刚要不得，死硬了才刚呢。活得好不好，不是要不要欲，是欲到什么程度。过犹不及是正道。”

龙文章和余则成们都有欲望，生气勃勃的欲望。千里无还的滇缅边界，隐形潜伏的无间道场，不能尽没他们心里的欲望。不是渴望胜利，是渴望好的生活。他们的欲望可以上升到最高尚的层次，也可以落到膝下，甚至是在日军的汽油桶排污道里。但，就是不灭。

在从生向死的这一条不可返程的路上，所有的信仰和主义，所有的革命和奋斗，甚至包括那些不堪不齿，归根到底不都是希望有好的生活吗？折腾我们的、折磨我们的，也包括成长成就和成全我们的，不都是这个不死不灭的欲望吗？

这是一切的本来，这是一切的本能。就像弗洛伊德说的那样：“本能”是历史地被决定，它是人类这个种群的基因。

“欲望”这个词需要翻案。举凡欲望皆不干净 —— 这是最草菅最荼毒的教育，因此镇压下的欲望，会抑扬得蘖生。欲望是生命的能量，也是生命的力量。迷龙和王翠平们，让我们看到欲望，它们是可以大大方方、干干净净怒放的。

正视欲望，让心回到干净的本来。干净，不是空无，而是 —— 让事情是本来的样子。

我要我的欲望，干干净净地说这事儿。

我喜欢王翠平，她让我不抑郁，心里头干净。

我喜欢姚晨，希望这小妮子活得痛快。这不容易，祝福她。

正视欲望，让心回到干净的本来。干净，不是没有，是让事情是本来的样子。

就做一个性情中人

今天是农历腊月初八，收到朋友的短消息才忽而想起。这个中国人喝八宝粥的日子，是佛教的源起。传说2500多年前的今天，那个名叫乔达摩·悉达多的王子，在菩提树下觉悟，于是他成了普度众生的释迦牟尼。

那个时代，鸿蒙初开，是天下的战国。群雄并起的印度，一个王子舍生取义成了佛；群雄并起的中国，一个王子则弑君称霸——公子光刺了王僚，才有后来虎踞龙盘的阖闾大城。洒下过汉唐明月，也迎来过大明锦帆的这座城池迄今在原址岿然不动，成为了我的故乡。

作为一个苏州人，从小到大，听过太多吴越春秋的故事。2500年前的金戈铁马、爱恨情仇，至今仍在这座城市如朝花夕拾。或是车水马龙的通衢，或是蜿蜒幽深的巷陌，那些春秋往事被编订成一个个今人的地址，通过身份证明，通过家书万里，成为一个人与一座城市永远牵连的起点。

然而，除了地名，我们离东周列国时代那个边声连角、风卷残云的乱世毕竟远了，以何还原英雄美人？

最近看了电视剧《卧薪尝胆》，一开始就把我吸引进去的，不是演员阵容，而是群众演员的一顶帽子 —— 那是剧中越军士兵的头盔，乍看像在脑袋上扣了只筐箩，更形象地说，是畚箕。但近景上前，发现做工竟是非常精细。从实战角度想象，它的功能就像最小巧的盾牌。我没来由地就被这个小细节感染了，并且信服那会是2500年前战士的武装，安全、轻便，制造简易，材质方便。

一顶竹编头盔，让我顿生对创作者们的尊敬。因为我相信，还原，远比想象更需要思想。

可能大多数苏州人和我一样，是在学生时代秋游虎丘或灵岩踏青时，在试剑石、千人坐、玩月池、馆娃宫，以触摸岩石树木的手势第一次触摸阖闾、夫差的吴越往事。我们也曾在剑池上空的井栏向下张望，在波光里不是寻我们自己，是想张望那张沉鱼的容颜。

对于西施，甚至对于勾践，苏州人有着独有的宽容。阖闾、夫差被流传成穷兵黩武、冷血霸蛮，或是纵情声色、刚愎自用，但那两个里应外合一举灭吴的越国人，两千几百年来反而在古吴故都享有英雄美人的记忆，永远的 —— 卧薪尝胆的坚韧和西子捧心的忧伤。吴地先人们甚至给太湖万顷于西施，让她和心上人放舟远去；给良相伍子胥一条河、一座城门，永远铭记他的姓名；甚至连匠人干将莫邪也可以在这里成为地标。只是那个王，成了他故国最苍白的符号。

夫差，可以以一个深爱西施的男人被记忆吗？可以以一个有雄霸天下壮志的青年君王被记忆吗？在历史几经演义之后，夫差流传的样子是昏聩颟顸。没有人再追问王的真相，也不会有答案。

这次在《卧薪尝胆》里，胡军饰演夫差，他身上有股特别悲情的气质。勾践请了陈道明演，我觉得他这次表演过于霸气又过于剧场化。不过还好整本戏里都是老戏骨——杨在葆、丁勇岱，包括演伍子胥的那位老演员（应该是《走向共和》里扮李鸿章的）。大家都拿着范儿，倒也端平了整部戏的气场。相形之下，范蠡比较弱。

历史上的范蠡是何其聪明的人物。他是勾践卧薪尝胆的幕后推手，是越国反败为胜的直接领袖；是齐相鸱夷子皮，是民间的财神陶朱公。他几乎兼有自古至今中国文化对于一个成功男人的全部标准，能仕、能儒、能易、能商。人生中适逢其时的几进几退，是足智多谋也是忠肝义胆，能铁肩担道义又能激流勇退。是他最早鲜明发表了“为王者，能同甘苦不能共享福”的仕途箴言，这句话至今仍影响着中国人的处世哲学。他的一生几乎成全了所有的人——君、臣、百姓；更了不起的是，他还成全了自己，能善始善终。这样一个天下第一等的男子，自是要一个天下第一等的美人儿来完美他的一生。所以，他最重要的身份是——民间公认的——西施的爱人。

于是因为这个身份，西施与夫差的十年婚姻自然只能是虚与委蛇，是忍辱负重，是大义献身。千百年来的故事让我们相信，西施是坚守着对一个男人的爱情与另一个男人相欢。她是在锦衣玉食里卧薪尝胆，一样的忠义。有趣的是，正史里是没有西施这个女人的。这有两种可能：一是美人计实在摆不上史官的书桌，自然只有一笔勾销。再就是，真就没有西施这个人。如果是这样，吴越春秋可以少却这唯一一抹绯色，变得更血气方刚，

性情中人，往往是命运对阵里的悲情英雄。那些骨头软心肠硬的人，往往占了上风，居了上位，坐了上席。

成为男人们的较量。而我们又可以还原出怎样一个吴王夫差、怎样一个越王勾践？

历史的归真，实在是太沉重的学问。我还是只想说说电视剧的闲话。某晚，正好看到艺术人生采访季羡林先生。老先生用近百年的人生阅历，总结出一句话——做人，要做一个“骨头硬心肠软的性情中人”。这话精彩！转念我就联想到了电视剧中的夫差。也许这个词儿是最合适他的了——性情中人。

性情中人，往往是命运对阵里的悲情英雄。那些骨头软心肠硬的人，常常占了上风，居了上位，坐了上席，比如勾践。我是向来不喜欢这个人的，倒也绝非故国旧恨。我就是认定他是个小人。一个人可以在落难时卑微到尘埃里，这本来就比较遭人鄙视，更何况一朝起势就马上诛功臣，杀亲随，灭了当年下贱的证据，这就很没有人性了！

勾践有没有卧薪尝胆？没有人发问。也或许这是范蠡们的策划，用王的自虐来包装他降吴时的苟且偷生，用一个王者自省的政治童话，骗回佚失的人心。这个假设是不是也能成立？如果那样，可不可以给西施十年的爱情，让她爱上夫差。

在记载有西施的各版本野史里，她大都没有善终。但即使如此，也没有一个版本说西施最后为夫差所杀。她，是死在了越国的朝野！如果这才是历史的真相，那这个美丽的姑娘一生最好的时光，是和夫差一起度过的。电视剧里描写，夫差在知道西施是因为思念爱人范蠡而终日不快时，竟然鼓励西施寻了范蠡远走高飞。这是个大胆的假设，虽然不真实，但足见编剧也认定了夫差性情如此。所以才会有一朝城破，西施仍决绝地别了范蠡。无论她或隐或死，她终其一生是属于夫差的一个女人。

因为是性情中人，夫差会有不杀勾践的所谓妇人之仁，甚至可以重用范蠡，任人唯贤；因为是性情中人，夫差会把臣虏三年的勾践遣送归国，犯下放虎归山的大错。即使在吴国覆灭的时候，夫差做的两件事也是性情使然。他一是请求勾践：勿毁我宗庙，勿涂炭我国民；二是在脸上兜上绢帕，自称无颜面见伍相，然后拔剑自刎。他死得悲情却从容。他绝不会像十三年前的勾践那样以举国臣奴换苟且偷生。如果西施也死了，或许，她会去找他。

苏州自夫差后，再不尚武。差不多同一时代，南亚的一株菩提树下，一个饱经王国战乱苦恼的青年王子也突然明白，慈悲自在放下执著。

阿弥陀佛，吃碗八宝粥吧，我也不过是一个善感的性情中人。

碧活鲜跳的生存

“碧活鲜跳”，是吴语里的一个词。大抵是用来形容鱼腥虾蟹，出水鲜活，求生欲望强烈。

有两部我很喜欢的影视剧里，我看到了那些碧活鲜跳的生存，都是管虎的作品，一部是《民工之生存》，一部是《冬至》，有点年头了。

《民工》是男人群像。一群在都市讨生活的建筑工地民工，泱泱大国最大数量级的男人们。他们有着对于生活的全部野心和欲望，永远打着赤膊，睡着通铺，即使都很微不足道，却碧活鲜跳。

后来听郭德纲的《论中国相声五十年之现状》，他描画过旧时天桥看客的群像。他们和《民工》里当代农民工一样，也是卖力气的人。郭德纲给他们算了每天的流水账，这笔账是旧中国的草根经济学与社会学。

那时天桥旁就是一处叫山涧口的人市（也就相当于今天的劳务市场）。每天蒙蒙亮，北京四城卖力气活儿的壮劳力，会聚过来等活儿。凡有卸车皮、扛沙袋这类重体力劳动的，就会派个中介过来挑人。一趟活儿大半天时间换两块大洋。早上七八点从山涧口走，一口气干到午后一两点钟不带歇的。然后收钱下工，再有什么活儿都不接了。为什么呢？郭德纲说得好极了。“两块钱，够活着了！”（“够活着了！”这四个字，换鲁迅说，可能就是心中千钧重的块垒。郭德纲一说，就举重若轻的。也是啊，活着，对谁而言不都是日复一日。对这些劳力来说，每天在自己手里头就两样——时间，和体力。）攥着两块钱回到天桥的劳力们，一定是找个小澡堂子一泡，叫小伙计到路边摊上打一毛钱酒，要两毛钱木耳炒肉和半斤面片儿。洗完澡，沏壶茶，饭菜也就到了。酒不是好酒，菜不是好菜，茶，也断定不是好茶，但要的就是这么几口。就着木耳闷两口小酒，肉汤拌面片热乎乎一吃。饱了！灌儿口茶，倒头睡上半个时辰，一整天卖出去的体力回来了大半。然后袖着手出门逛天桥去喽！看两趟杂技，瞄一段戏法，再直勾勾瞅上几眼西洋镜。不白蹭的，见好的，都会扔个三分五分。到天黑，买一毛钱贴饼子就两碗豆汁儿，又是一顿。看天光渐暗，菜场落市，拣便宜的给家里媳妇孩子买颗白菜买两斤棒子面，钱多还可以捎上大半斤白面。棒子面儿可以蒸窝头，白面揪片儿煮疙瘩汤。到这会儿，口袋里的两块大洋统共也就剩下三毛了。还不回家呢，必然要拿二毛钱，正正经经奔天桥剧场，听场角儿唱的戏。这就是当年中国底层男人最有声有色也最体面的夜生活。听完戏回家，买的菜和面给媳妇儿，家里人第二天吃喝有了着落。自己蒙头一觉天明，又奔山涧口，拿口袋里昨天剩下的最后一毛钱，买上半斤大煎饼，问烙饼师傅要一碗泛着白沫的油渣儿汤，吃完喝完，又袖着手等着卖苦力……

当时听这段，忽然就想到“碧活鲜跳”这四个字来。

若干年后，我看贾樟柯的《三峡好人》，一个奉节民工憨憨地拿出一张十元人民币对另一个民工炫耀，我们家在钱上，你看这是夔门。对方是山西人，马上更骄傲地摸索出一张五十元展开：我们家也在钱上哩，你们看这是壶口瀑布。于是奉节民工们纷纷过来羡慕：还是你家乡好咧！然后，他们便商量着要去山西打工。因为他乡的风景比家乡的多值了四十元钱，他们就此抛家别乡地奔赴他乡。他们不仅天真，而且还生动。在当下这个社会里，我们没法主导我们内心的主公，所以只有趋利。因为我们找不到别的证明，只有五十元和十元的差额是真实的。我觉得这就是这样一群男人内心价值观的真正艺术再现，源于生活又高于生活，是真正碧活鲜跳地点亮灵魂。

《冬至》则是一个男人的战争，它让我看到“一个男人到底可以被自己的内心逼仄、为难成什么样？！”

陈道明是个有风骨的人。不是所有北方男人都能把南方男人演到逼真。他是一个。从《围城》里的方鸿渐到《冬至》里的陈一平。几个细节入画，就出神了。比如衣着上，江南中年男人是会把浅色的毛围脖长长地在深色的外套内里荡下，一直荡在大腿前。在江南的冬天，常常就是会看到，远远一个臃肿的深色身形推着自行车拖着步子过来，肚子下摆拖沓出一段浅色围巾，一步一荡，很没有美感，就像他们平板的生活。再有，他们买东西的时候，不会摘下绒线手套，我想可能他们潜意识里是觉得，根本不需要触觉来帮助他们判断购买的对象是不是有质感。因为他们只是完成购买，对于很多东西并没有欣赏没有触碰的热情和需要了。

就只这两下子，我觉得陈道明是演出了这样一个年纪这样一方水土的这样一个男人。碧活鲜跳的，借演员的肉身去看到的灵魂。

第二章

心是孤独的捕手

我绝对相信在现实生活中只一眼的陷落，但是我绝对不相信一眼的能量真的能消耗一生。无论是谁，都会有却步的时候。也许只是因为一句话、一个动作或者一阵风。爱不是永恒的能量，它会被耗尽。

爱如果是药　你与谁共

江南的冬天让我冷得很沮丧。

于是我最喜欢的姿势就是把自己埋藏到很厚很厚的被子底里，但睡觉显然是不健康的，不如读书。我朋友说，冬天比较容易找到兔子，只要挖对了洞。我才恍然大悟，原来自己这样的身体语言，学名叫：冬眠。

在读一部翻译平平但很特别的小说集《爱药》。

爱，如果可配成一剂药，你是希望让你爱的人爱你，还是让已经不爱你的人爱你？

《爱药》是一个叫路易丝·厄德里克的女作家的成名作，但我也没有看过她的其他作品，只能说她原著一定很特别。因为她得过欧·亨利短篇小说奖。我并不是迷信奖项的人，只是欧·亨利——《警察与赞美诗》、《麦琪的礼物》、《最后一片藤叶》的作者，那是我热爱的短篇小说家之一。用他名字命名的奖，不会太随便。

《爱药》在我看来，不能算是本小说，说是短篇小说集倒是合适的。但我喜欢全书的结构方式——20个故事里，有13个故事分别由6个主人公用第一人称讲述，而作者则以旁观者的口吻讲述了另外7个。全书中，一个故事的叙事者是另一个故事的被叙事者，一个故事的主要人物是另一个故事的次要人物，由此关联跨越了半个世纪，从1934年讲到1984年。

这是一种很机智的表达方式。我喜欢这样的结构感。

我买书经常就是因为书名，最好笑的是《纠缠态》。买回来一看，发现是本物理书，而且还是宇宙物理。

《爱药》被我冲动地买下来看，自然也是因为这个名字，还包括腰封上那一句“这是第一部被译成中文的当代美国印第安长篇小说”。

《与狼共舞》在20年前（20年？！我的天，我真是年纪不小啦！）让我深深迷恋上印第安文化。“披发的风”“踢脚的鸟”“十头熊”和“攥拳挺立”这样的名字，让我心仪，当然最喜欢的还是“与狼共舞”。

我骨子里是个喜欢野兽之美的人，特别是大型猫科动物，比如雄狮、公虎、豹子，还有就是狼。我喜欢有一口利牙的动物，不过也还是排除鳄鱼那样的长相的。所以一直很想读懂元史并且摘取出来写故事，蒙古人是雄狮，满人是狼。不同。

《爱药》这书看着看着，并不十分给力，我想大概是翻译的关系，平淡无味。就像冬天还一杯杯喝凉白开，心凉胃凉。但我的直觉还是相信原著一定精彩得多。

毕竟《爱药》作者的身份很特别。她的母亲是北美龟山原住民保护区的奥吉布瓦族人，外公曾经是部落的酋长。这样的血统，让这个女作家引领了1980年代美国印第安文艺复兴运动的第二次大潮。

除了感恩节的南瓜，印第安人还有更多的符号或仪式来标记美国主流文化吗？没有了吧。就像鸦片、瓜皮帽和粤语，常常被好莱坞用来模式化中国人。印第安人大概也只剩下了羽毛工艺品的模特和“酋长”的代名词。

霸权的文化，会被霸权的宣传系统尊称为“熔炉”。这“文化炉子”究竟把多少异质的灿烂的文化与文明熔掉，不得而知。这部小说带来的是一个鲜为人知的印第安语境——虽然我还是预感因为翻译的水准，平庸掉了很多原著考究的遣词造句。我所谓的考究，不是作者会玩弄英文，而是我的直觉相信原著里一定会有“披发的风”这样撩动人心的印第安语境。

与全文集同名的《爱药》是其中一则短篇小说，故事很有些童趣。

主人公利普夏是一个会一点巫术的印第安青年，他会的本领形象地说，有点儿像段誉的“六脉神剑”，可以用手指运功，通过按摩把药效注入病痛的人体内。但这个家伙很懒，混着日子，一无所成。所谓业精于勤，像他这么着，这套天赋也就变得时而有效时而失效。

他是遗孤，自幼被一对印第安老夫妻收养，或者说，这对夫妇像办了个孤儿院，收养了很多孩子。他则是其中最得宠的一个。他称他们为外公外婆，并且热爱着他们。但尼科特外公年纪大了，开始罹患“老年痴呆症”，这病是一步步深入发展的，所以在清醒的时候，尼科特外公会很高兴地对玛丽外婆和利普夏说，我要进入“第二个儿童期”啦。读到这里的时候，我对于“第二个儿童期”这个词组特别感兴趣。老年痴呆症，大概是我们最害怕的衰老病变之一。但是故事里的老外公却是兴奋和快乐地发现自己要“回去”。这也是时光的逆流吗？在生与死之间，再来一次童年。这个说法很有趣。

而玛丽外婆也并不哀怨丈夫得病，一辈子照料了孩子，再照料一个没什么。何况他是她爱的人。有人说，要考验一对恋人的深情就是要问他们，如果对方老了，大小便失禁，口角流涎，面目苍暗，你是否还会每天每晚守在他的身旁，让他干净并且温暖。玛丽外婆显然是这样爱着尼科特外公的。但是让她痛苦的是，时而糊涂时而清楚的老伴儿，突然爱上了另一个女人，他年轻时追求过的一个女人。虽然那个她也老了。但尼科特外公却孩子气地向她示爱，为她摘花送到她窗下。这让玛丽外婆嫉妒生恨，她甚至怀疑这么多年来尼科特是不是一直与那个女子有染，他是不是辜负了自己一生爱他的心？

外婆的痛苦让利普夏很着急，不过更让他吃惊的是，外婆来求助于他。因为他是个有天赋的孩子 —— 在印第安古老的巫术里，有三味真药可以配制成至高无上的“爱药”。只要双方双双服下，就会彼此终生相爱，永不变心。但是利普夏并没有这样高的法力，可以去成全出这样一味印第安人最高级的巫药。但是他灵机一动想到，印第安人最喜欢的一种黑面野雁，信奉一夫一妻制，雌雄雁一旦定情终生不变。如果猎捕到一对野雁，它们心心相映的心不就是最好的爱药吗？但是这个不学无术的小子，不仅天赋的法力时有时无，连印第安人赖以生存的捕猎本领也遗忘殆尽。他终于是没能抓到野雁的一根羽毛。

情急之下，这个混小子想出了一个胡闹的办法，他去超市商店里买了两只冷冻的火鸡，化了冰，掏出两颗心来充当“爱药”。玛丽外婆无比虔诚地生吃了那颗冷冻过的火鸡心，而尼科特外公似乎是不糊涂的，他拒绝生吃另一颗鸡心。这让玛丽外婆非常激怒，她用了最强行的方式，硬是要用填鸭式的方式让尼科特生生咽下鸡心，结果乐极生悲，尼科特老头被噎死了。

玛丽外婆一下子就病倒了。然而就在尼科特落葬后的晚上，他的灵魂却回到玛丽身边，守候在她的病床前，并且久久、久久，不愿意离开他和玛丽生活了几十年的家。

玛丽外婆惊叹“爱药”的功效，让她相信原来丈夫对她的爱至死不渝。而利普夏却终于向她说出真相，让尼科特魂牵梦绕的力量不是“爱药”，而根本就是“爱”本身。《爱药》这个短篇故事里并没有太多感伤，但是字里行间，我们还是读懂得了美国主流文化对印第安文明与信仰的蚕食，和不可遏止的古老的印第安文化的全盘退化、消失，就像利普夏的天赋，就像失传的“爱药”。但是作者似乎仍有悲悯和希望，那就是印第安人会用“爱”的灵魂，用普世的价值来填补古老文化流失后的空缺。

爱药，能拯救越来越稀有的爱情吗？如果真的有这种药，你是会让自己想爱的那个人吃，还是会让已经不再爱自己的那个人吃？是希望爱，还是希望被爱？爱与被爱，都不如相爱的。怎样才能在刚刚好的时候两个人同时服下爱药并且生效呢？也许，爱药就是一个符号，是普世间人们心间的一个结。

突然想起了看过的《双食记》和《好奇害死猫》，这两部剧的编剧都是聪明的。虽然"好奇"胡军演得有点弱，"双食"余男演得有点过，但故事都有意外好看的地方。意外好看的，是体面下面的体无完肤，而且所有的破裂并不是支离破碎的没有头绪，相反还是拼图般犬牙交错地把裂痕一一展现。这是高级的讲故事的道行，就像《撞车》或者《巴别塔》。世界是平的，是因为故事编得圆。《撞车》的编剧是写美剧出身的，抓一把各种肤色的小人物在手里，他可以用不牵强的巧合一一连锁。

我喜欢的故事，打动我的永远是其中蕴含的普遍的人性困境，是每个人面对的生活困局以及它们对他的生活和心灵所造成的影响。中国电影很少有机会去展示因生活中的困境和焦灼导致的愤怒，以及情绪失控，尽管在我们周围比比皆是。所以《双食记》和《好奇害死猫》这一类电影永远在表达婚姻内外生活的压力、亲情的缺失、安全无保障、命运考验理性、用失态变态造就故事。

《爱药》或者可以读读，虽然我们就像不了解印第安语文一样，被翻译一道道衰减了我们对于原著的忠实，但不妨碍我们去想：爱如果是药，你与谁共？

爱药，能拯救越来越稀有的爱情吗？如真的有这种药，你是会让自己想爱的那个人吃，还是会让已经不再爱自己的那个人吃？是希望爱，还是希望被爱？

心是孤独的捕手

《心是孤独的捕手》是一本小说，一本很老的小说了。

如果小说有年纪，它也年过六旬了吧。

一甲子。

孤独有多少种？

“镇上有两个哑巴，他们总是在一起。”

打开一本书，看到第一行，是这样的14个字，1个逗号，1个句号。你会不会霎那间通感，在失聪失声人的世界，他的孤独自己听不听得见？

孤独有多少种？

“心有灵犀却不能长相厮守”是一种吗？“在走南闯北中迷失，反认他乡是故乡”是一种吗？“曾经坚定的理想渐行渐远，锐气在岁月和生活的磨砺中逐渐黯淡”是一种吗？“昼夜颠倒，时间如浮尘一般消失，回忆却以突如其来的方式卷土重来”是一种吗？“理想或者白日梦在日渐现实、日渐困顿的生活中支离破碎，这才发现，人越长大，越会感到原来一切都力不从心”是一种吗？

美国女作家卡森麦·卡勒斯，倍受余华推崇的天才写作者。1917年出生，17岁时以优异成绩考入最负盛名的哥伦比亚大学攻读音乐。毕业时却因其在文学写作中展示出的卓尔不凡，少年成名。然而，命运突然折弯。年仅29岁的她身染重疾，瘫痪不起。1967年，一个炎热的下午，她文思泉涌的大脑，突然血崩。45天后，饱受半生病痛折磨的她，在50岁这一年的初秋，死去。

在她瘫痪之前，创作了一部不朽的名著：《心是孤独的捕手》。她因此与马克·吐温、海明威、欧·亨利一起，成为美国20位百佳英文小说家。

《心是孤独的捕手》这本小说，我买了很久。

这本书跟着我去过很多地方。一次次出去，然后回到床头，和我行踪保持一致，但它还是一本我没有去读的书，大概是机缘不到。

读完了这本342页书的时候，我一盏盏关掉了房间里所有的灯，我在黑暗里静静坐了一会儿。瑜珈里收关，叫“冥想”。道家说，人心中有阴晦乖戾情绪的时候，会面生呆相，身形呆气，需要守静，大口吐纳，发散，所以有发呆一说。我发了一阵呆，亮了书房里的灯，开始写这些字。

我还能清楚地记得，买《心是孤独的捕手》这本书那天，在书店里看到封面上麦卡勒斯那张脸时的吸引。那个女人，有一张犀利孤寒的脸。她右手拿着香烟，目光深邃。

她在纸封面上是一张相片，却似乎依然在洞悉字外的世界。然后，我看到这行书名——

心是孤独的捕手。

这个故事，是这样的。一座小镇上有两个哑巴，他们相依为伴十年。一个瘦高，叫辛格，短胖那个叫安东尼·帕罗斯。安东尼脾气很坏，但辛格总是无望也无争地跟随着他。后来安东尼被送进精神病院，他疯了。辛格不想在这座两个哑巴共同生活了十年的小镇上独自一个，于是他去新的小镇。在那里，他遇见了一个成长叛逆期的小女孩米克，一个激进的愤青杰克·布朗特，一个追随使命的黑人医生考普兰和一个咖啡店老板比夫。

辛格很受这四个人的喜欢。他那修长的手指总是插在裤袋里，像一个正常人，只是闭紧嘴巴。但他不是正常人，他是沉默的，永远的沉默。也许正因为他无法开口回应，所以辛格的脸总是表情平和，目光温暖。他的脸他的眉眼，让人觉得他对任何人的倾诉都是专注认真的。他的倾听让倾诉的人放心，因为“沉思般的安宁造访了这张脸，如此的安宁你往往只能在最智慧或者最悲伤的脸上瞥见”。

他们每天每天不停不停地来找辛格说话。小女孩米克告诉他，自己是如何不切自身家境实际地爱上了莫扎特和贝多芬，会在半夜躲到放音乐的人家窗下，被震撼得抱着自己抖。杰克永远是醉醺醺的，他对社会充满变革的激进思想，但他不过是马戏团里旋转木马的修理工，除此也并无技能。黑人医生考普兰有悬壶济世之爱，在黑人社区他是菩萨，但关起门来他与妻儿关系恶劣。至于宅心仁厚的咖啡店老板比夫，通宵开店，不为挣钱，只为安顿那些孤独的客人，但他内心无比阴郁。

辛格插着手，看着他们说话。看着看着，他懂了他们的说话。他们每一个人的唇语，他明白了。他们说的每个字，他都明白了。甚至到最后，他看着他们，不用他们开口他就知道他们会说什么，因为他们永远是来说同样的意思。

四个人，每个人都认为自己和辛格独享了自己的秘密，但辛格把他们每个人的秘密都外传了。只是他传达的那个人，是疯人院里疯了的哑巴：安东尼·帕罗斯。辛格会辛苦地工作，攒下足够的钱，带足够的食物和礼物去疯人院看安东尼。然后他飞快地打着手语，甚至有时候手指都痉挛得打起架来，额头都渗出汗水。他是那么急切地要倾诉。胖子只做一件事，就是安静地看着辛格，快乐地享用辛格带来的食物和礼物。他很理所当然的样子，和那十年冲辛格发足坏脾气一样，他从来不回报辛格。辛格也从来不知道安东尼到底听明白了多少他的话，可这一点儿都不重要。每个人大概就是需要一个倾诉对象，让心中的孤独疯狂奔突，疯狂奔突。

然而，胖子安东尼·帕罗斯因为太过喜欢吃而太过于胖，有一天胖死了。那天辛格回到住所，休息了一会儿，喝了杯冰咖啡，抽了支烟。洗完烟灰缸和咖啡杯，他用他那双说话的时候比划的手、听话的时候插起来的手，向心脏开了一枪。他从容地选择了结束。

辛格死了，四个人很愤怒。他们愤怒他分享了他们的孤独，却一个人死去了。他们的孤独会再次封闭起来，滋长蔓延。

咖啡店老板比夫，选择继续沉默，每天在收银台后冷眼观察店里形形色色的人。他对小女孩米克滋生出的一点莫名的喜爱也被他一起沉默掉了；社会变革的狂热愤青杰克决定逃亡，因为他的狂热理想在这个小地方无人理解；黑人医生考普兰对于自己的爱与家庭、使命与生命啊，依然看不到融合的希望，他内心绝望地依然活着；而少女米克，选择一夜成人，用打开自己的方式，提前卷入世俗，放弃了那些青春期关于音乐、成长、爱情和未来的单纯梦想。

愤青杰克是个旋转木马的修理工。那里“在黄昏的阳光下，静止的木马很诡异的样子。它们跳跃的姿势静止在空中，被暗淡的镀金铁杆刺穿”。读到这一行，耳边想起王菲那首旋木。那首歌里“我”是一只旋转木马。木马唱道：“我忘了只原地奔跑的那忧伤，我也忘了自己是永远被锁上。”“音乐停下来你将离场，我也只能这样。”

孤独是注定的，交流并不是解索的希望。每一个独立的个体都是无法被完全理解的。于是生命就是一个不断倾诉、不断发现，倾听者的回应只是说明不懂；然后倾诉者可以选择沉默，或者继续不断倾诉的过程，并且在一个倾听者依旧不懂得的温和表情面前，就彻底让自己相信一次这个人全部都懂了。

然后换场，换一场孤独，换一场倾诉，换一场相信，换一场失望，换一场强大。

这本书在作家身后，是被列入同性恋名著的。理由是解读出了辛格与安东尼·帕罗斯两个人是暧昧和亲密的。这种解读是倒推的，因为不这样，就无法解释辛格为什么对着自己开了一枪。只有安东尼·帕罗斯的死亡，只有在期待变成了绝望，才能解释这种疯狂。

我并不认同这种解读，虽然我也尊重同性情感。我只是置疑，是不是当我们无法解释无声无言的孤独时，就需要一份哪怕是无望的爱？如果辛格是爱安东尼的，那么他这一生，是因为拥有了这份对方毫无理会的爱恋，而排遣了自己的孤独；还是因为这样的虐恋，加重了孤独。爱，可以改变人类的孤独吗？

那四个人，用慈悲，用梦想，用崇高而忘我的情怀、宏大而激烈的信仰，改变了孤独了吗？

我们，一直被朝向某个方向驯化和教育着，那一句“爱你，是我的事，与你无关”，毒害了很多人、很多爱情。爱与被爱，不如相爱。往往我们对绝望的事，不太反抗。因为我们被一种叫“坚强”、“成熟”、“自立”的东西驯化了。

我也想用读爱情小说的心，放低所有思考。

那么这部小说里，无非就是咖啡店老板比夫爱上青春期的小女孩米克，小女孩米克有些爱恋沉默的辛格，而辛格或者就是爱胖子安东尼·帕罗斯。安东尼倒是爱得最明确，这个疯胖子只爱吃喝，简单的。结果呢，老板比夫冷静下来，他戛然而止了对一个小姑娘的不切实际的爱。而小姑娘米克也会长大，她把自己的身体交给一个男孩子，初吻初夜，失血后的清晨她长大了。她把永远无望学习的钢琴琴谱藏起来，她不再用孩子祈祷上帝慈善的天真目光看这个世界。至于辛格对安东尼·帕罗斯的爱，没有人知道，安东尼确定是个疯子，他不知道，到死也不知道，不懂得。

心是捕手，它的猎物是什么？

心是孤独的捕手，在人世间游猎，它的猎物是什么？

作家用炉火纯青的平行叙事手段，借一个哑巴的眼睛看四个内心喧嚣的人，再用这四个人的眼睛看所有的人。就像咖啡馆夜店的老板比夫，每天坐在店里，看着孤独的人醉在这里、赖在这里。他代表我们所有人，越猎奇越失去相信。他像舞台下的观众，看着人生剧场上一幕幕出将入相，喝彩、嘘声、鼓掌、鲜花，然后落幕收台卸妆关张。

敏感与悲伤、孤独和渴望、自私与彷徨、酸楚与紧张，每个人的心都有很多的滋味。生的滋味、成熟的滋味、腥气的滋味、芬香的滋味——或者就是孤独的滋味。

孤独有多少种？"心有灵犀却不能长相厮守"是一种，哑巴辛格是孤独的；"在走南闯北中迷失，反认他乡是故乡"是其中一种，愤青杰克是孤独的；"曾经坚定的理想渐行渐远，锐气在岁月和生活的磨砺中逐渐黯淡"是一种，黑人医生考普兰是孤独的；"昼夜颠倒，时间如浮尘一般消失，回忆却以突如其来的方式卷土重来"是一种，咖啡馆老板比夫是孤独的；"理想或者白日梦在日渐现实、日渐困顿的生活中支离破碎，这才发现，人越长大，越会感到原来一切都力不从心”是一种，少女米克是孤独的。

作家麦卡勒斯说，她在写作辛格这个人物的时候，是她想象中上帝的模样，因为上帝是沉默的。但是，我想，孤独是上帝“脱管”的。因为上帝无法帮助任何人真正出离心灵的孤独。也许短暂地遇到知音，但知音从来没有长相厮守，不是晚来一步就是早走一步。高山还是高山，流水还是流水，弹琴的人总是一个先走。

心是孤独的捕手，心是肩负着孤独的捕手，心是用孤独瞄准孤独的捕手。

心在孤独里游猎，孤独让猎手无心张望；猎手在奔向天高海阔的异国他乡向内心深处大喊，孤独静静张望。

猎手走过时光，心走过时光。时光匆匆过，沉默得就像我们看着镜子里的我们一样。

敏感与悲伤、孤独和渴望、自私与彷徨、酸楚与紧张，每个人的心都有很多的滋味。生的滋味、成熟的滋味、腥气的滋味、芬香的滋味 —— 或者就是孤独的滋味。

度人者自度

最近重读了《基督山伯爵》。

1845年8月28日，巴黎的《辩论报》开始连载《基督山伯爵》，作者的名字——大仲马。

大仲马生活在法国文学史上最为群星璀璨的时代。如雷贯耳的巴尔扎克、雨果、司汤达、福楼拜、左拉等，都活跃在创作的那个时代。但是，大仲马的笔，总是生花。

《基督山伯爵》，以历时一年六个月的时间，报纸136期的篇幅，讲完了一百余万字的故事及大结局。这期间的法国，洛阳纸贵，《辩论报》一报难求。甚至有痴狂的读者不惜重金贿赂报纸印刷厂的排版工人，只为了在第二天来到前，隔夜先睹为快故事的新情节。这阵场，如今听来，俨然是享有一部万人空巷的热播剧的炙烈反响。

大仲马是个极其骄傲的家伙，不过出身并非正统。他在人前总有一张笑逐颜开的慈颜善目。在接受拥趸朝觐时，他最是乐呵呵地说：“呵 —— 我爱你们 —— 我爱，爱我的所有人。”后来看有关他的传记知道，其实话里有话，那半句永远在肚子里跟随 ——“我恨，恨我的所有人”。

睚眦必报。于是他的笔饱蘸浓墨，唐泰斯落地，去完成了他在这世上的复仇心。

【故事】 年轻、单纯的远洋轮“法老号”大副爱德蒙·唐泰斯，就要归航了，去迎娶自己的新娘。老船长途中染病，去世前托付这个年轻人将一封信顺路捎上一座岛。唐泰斯并不知道自己的命运从此波诡云谲，岛上的神秘人物是被囚禁的拿破仑王，不过唐泰斯并不关心政治。爱情，在岸上等他。他只不过是海上一个履约的邮差。于是接过来自拿破仑的信，年轻的大副乘风破浪。上岸，恋人久别重逢，爱得浓情蜜意。

突然他从婚礼的现场被捕。此后……14年！他被囚禁在四面环海的伊夫堡荒岛的死牢。

一个垂涎他美貌娇妻的登徒子，一个觊觎他即将接任“法老号”船长美差的势利小人，再加上一个发现拿破仑密信会严重影响家族和自我政治命运的大法官。三个人，集体陷害了唐泰斯 —— 而他一无所知。

日复日，年复年，唐泰斯绝望了，他决定绝食自尽。突然，他牢舍的一面墙上豁然剥落出一个洞！然后他遇见了法里亚神甫。上帝总以他的方式，放出希望。

法里亚神甫是政治犯、死囚，上诉无门的老头决定用后半生越狱。凭着一副铁镣铐，他就上手了！锲而不舍。然而，他在推进的坑道里拐错了方向……穷极老无所余的气力、智慧，最重要的是——希望，他挖通了的却只是进入另一间死囚牢的墙。

所有读者大概都会像唐泰斯一样热爱这位老者，并充满崇高敬意。他在与唐泰斯相伴的岁月里，他是他的父亲！他帮助唐泰斯分析了他的遭遇，厘清了仇人的面目，更将自己一生所学的全部知识、多门语言全部传授给了唐泰斯，最终还将自己藏有宝藏的基督山秘密合盘托出。他点燃了唐泰斯关于生的希望、美丽的理想和自由的信仰，照亮了这个年轻人的生命。然而他并不知道，同时熊熊如火的还有复仇的雄心。老神甫完成了他的使命，溘然辞世。他用自己的死，放生了唐泰斯。唐泰斯调包躲进神甫的裹尸袋，被狱卒抛入大海，成功越狱。

他去了基督山宝藏的所在。然后，法兰西出现了一个复仇的幽灵。时而他是仗义天下的游侠，时而是启示人们迷津知返的神甫，时而是上流社会倜傥风流挥金如土的——基督山伯爵。14年，当年那个温和单纯的青年大副已经成为有着渊博的知识、高雅的仪容和无数的财富，并且深谋远虑、内心充满了仇恨的成熟男人。

他快意恩仇，他步步为营，他以最残忍却也最痛快的方式逐一复仇。最终，所有罪恶之人无一漏网得以恶报。然后，他走了。他把全部宝藏馈赠给善良的追随者们，只留给世界一个背影，还有一封信。

最末一行，他写道："……人类的全部智慧就包含在这两个词里面：'等待’和‘希望’！”

他署上“基督山伯爵”外，署上了他原来的姓名、他真实的姓名——爱德蒙·唐泰斯。他完成了，他做回了自己。

唐泰斯的命运转折点，是法里亚神甫破墙而入。他一手将唐泰斯创造成基督山伯爵。他是基督山伯爵的父。

从心理学角度上看，父亲，是一个范型、楷模。弗洛伊德精神分析派别，有一种观点认为“父亲”作为人类心理范型，同时代表着“上帝”和“撒旦”，激化人心中的“顺服”和“恐惧”。借用一下《沉默的羔羊》来注脚，这个标题背后其实就暗含基督教的原罪论。在西方，上帝以牧羊人自诩，而羔羊正象征芸芸众生。

《圣经》中，是耶稣基督担当了人类的罪，向上帝献上自己，其意义就是教导人们顺服上帝，如同羊群紧紧随从自己的牧羊人。所以，上帝让羊群安静的力量——是“顺服”。那么还有没有另一种力量，让羊群沉默呢？有！那就是“恐惧”！如果没有“恐惧”的对立，羔羊们怎么能懂得“顺服”后内心安静安全的可贵呢？所以上帝利用撒旦带来的“恐惧”让羔羊们“顺服”，并且沉默。而父亲起到的心理范型作用，正是需要子女兼具“顺服”和“恐惧”。

从个人情怀来看，法里亚，是个睿智的先哲，这充分体现在他对于命运的抗争与不争，就像中国哲学最高智慧是“懂得取舍”。在发现自己多年辛苦的越狱工程是个错误时，老人没有怨天尤人，更没有搭上唐泰斯这个壮劳力再谋开工。他作出的选择是，将毕生精神、物质的衣钵悉数传承。生不带来死不带去，他手把手将天真无知的水手培养成一个渊博狡黠的贵族。这种再造，是伟大的，伟大的希望工程。

与其再造自由，不如再造生命。因为生命是自由的真正载体，也是希望的真正载体。

几年前翻读著作的时候，我有一度曾经觉得这个父亲是失败的。因为老神甫“把仇恨放下”的精神似乎完全没有被基督山伯爵所传承。一百余万字的长卷中，基督山伯爵复仇抢占约五分之四。他的狠，淋漓尽致或者也大快人心，但有些手段甚至过于极端。阅读时会想，只要一步行差踏错，这个男人的正义就彻底罪恶，堕落。

然而这次重读经典，我突然醒悟。原来，度者自度。

在全文行将收梢时，基督山伯爵亲见所有仇人一个个痛遭惩处，所有罪恶都丢了性命，但是他，依然赢不回青春和那段时光应有的快乐。是的，他的生命确实有一个段落被桎梏在四面环海的伊夫堡，而那时他的仇家娶了他的妻子，抢了他的船只，屠戮了他的青春与善良。而此刻，他活着，他们死了。他们连生命都没有了。可是那些他如此在意的“失去”，其实什么也没拿回来。

我想那时的他，是彻悟了“父亲”法里亚神甫的关于希望而不是复仇的教诲。因为，伯爵对生命做了如是思考：

世上与其说存在幸福和不幸，不如说只存在两者的对比。因此要理解生命的价值，一个人只有经历过对死亡的渴望，才能真正体会到生命所有的馈赠。

曾经以复仇者身份回来的他，再次离开。我相信他一定比越狱时快乐！他放下了全部，包括财富。他只带走了自己的名字爱德蒙 · 唐泰斯。他完成了“父亲”法里亚神甫在他身上种下的救赎。也许大仲马也放下了。

爱德蒙 · 唐泰斯的背影留下一句箴言：人类的全部智慧就包含在这两个词里面：“等待”和“希望”！

本图摄影　易宁

与其再造自由，不如再造生命。因为生命是自由的真正载体，也是希望的真正载体。

咎由自取

喜欢“咎由自取”这个词，有点痛快淋漓的感觉，是相骂到精疲力尽时抹一把唇边唾沫的结语。我骨子里是非常喜欢兴至酣畅的人和事。

比如，被物质城市成全的女人李碧华。

我通常喜在心情无味时找本李碧华的书啃，有孜然味又像咖喱，辛香得很。写两性之间的爱恨纠葛，我以为她甚至能出张爱玲之右。缠绵悱恻中见刀锋，于繁华中见苍凉，于热闹中赏凄清。李碧华是这样一个女人。她的文字即使托了一个朝代的壳，里面的瓤也是不想去承担历史背负将来，只把再口水不过的家常用字句章研磨得声色俱妙，玲珑有致。

二十一二岁时沉迷张爱玲，现在想想，是因为她的文字里还有爱的乌托邦。喜欢张爱玲那句“于千万人之中遇见你所要遇见的人，于千万年之中，时间无涯的荒野里，没有早一步，也没有晚一步，刚巧赶上了，那也没有别的话可说，唯有轻轻地问一声：‘哦，你也在这里吗？’”这篇文字，现在看来是个死结，把很多柔肠都纠结在里面，才有了《倾城之恋》的那堵危墙，有了《十八春》里的那枚戒指，有了《红玫瑰与白玫瑰》里那一部老电梯。

在后来的很多作品里，那些男女主人公邂逅中，常常会让我想起张的这段文字。比如《人间四月天》里黄磊演的徐志摩对着林徽因，在山顶荒冢前的表白；再比如，《失乐园》里，黑木瞳在雨天空寂的美术馆里等到役所广司。两个中年男女也可以有“哦，你也在这里”的一声叹息。这口气张爱玲只叹在此，而李碧华是来打破一切乌托邦的。她对男女情爱的质疑，最喜欢用“咎由自取”这类词。她写过“女人总想去玩有点火有点邪有点坏有点不羁的爱情，最后一一咎由自取”。

张爱玲会在文章里玩情调，即使如浪子范柳原，也要在一个月亮爬上紫藤花架的夜晚去打一个勾引的电话，而换成李碧华就会犀利很多。最绝是看到她写关于二手货的文章，全篇就说些选二手货的技巧。到最后来了一句，她说，有时爱人也堪比选二手货，一开始就要先想想“上手是谁？”

说完这句，这篇文章便已戛然而止，李碧华已扬长而去了。读者有些张皇。

也是咎由自取。或惊醒，或入梦。嘿嘿。

从心所欲不逾矩

空调坏了，醒在天亮时分，歪在床头发热呆。地板上离手指最近的杂志，是6月号的《时尚先生》。封面是“黄老邪”黄永玉，时尚先生当然也可以是个86岁的老头。

老头穿着作画的黑色围裙，正中是幅达·芬奇的《维特鲁威人》。那个五百余年来最著名的裸体男子，双臂上举——平展，两腿叉开——并拢，画出那完美的正方与正圆。达·芬奇比例最精准的男性蓝本，盛开在斜叼烟斗、睥睨天下的黄永玉胸前，寓意深远。想起子曾经曰过，老的境界是从心所欲不逾矩。

三十而立，四十不惑，五十而知天命，六十耳顺，七十从心所欲不逾矩……老去的时间里，在美学的方圆里从心所欲——“黄老邪”黄老爷子完美了时尚。

从心所欲，不逾矩。闪念间，杂志翻到盛噶仁波切这一页。

盛噶仁波切，30岁。刚刚过去的6月份，他出了一张唱片，Pop、Rap，嗓音温醇。他唱“…… 我要你幸福”。

他是一个活佛。

在活佛的面前，时间只是一具肉身，而盛噶仁波切有一具时尚的肉身。

有些人是不喜欢这位活佛唱流行歌的，同样也不喜欢他和同龄人一样的装扮与行为。喜欢他的人可以解释说这一切都缘于佛法广大，活佛入世唱歌，可以让更多的人感受到兼爱之美。

盛噶仁波切本人倒不以为意，风动，幡动，一切争论者都只能看到表象，若见诸相非相，才知道唱歌只是唱歌。如同赵州人捻说“吃茶去！”也只是去吃茶的意思。如能论到让歌声普度众生，那也只是听者有心罢了。

盛噶仁波切1977年出生于青海囊谦县，16岁被第37代止贡法王澈赞仁波切认证为转世活佛。

当活佛用流行的歌唱告诉天下：我要你幸福。你会被动听打动吗？

世间修行者可以有很多变化，现在信佛的人多了起来，难免鱼龙混杂，所以形式可以因人而异。有人能把庄严大刹变成名利场，而西藏天路上磕长头的穷人中可能就有菩萨。

宗教仿佛建筑，其间来去的人才是根本。而信心从一滴水中可以得到，因立于世界之角，更能见其一时。盛噶仁波切在大众中平静自在的歌声，不知是谁心头的波澜？

杂志给盛噶仁波切的标题是：快乐佛声。

所谓情不附物，何不就从心所欲不逾矩了罢。

的悲伤，刺痛人心的不是悲伤，是从容。他唱《北京一夜》，是李后主去国千万里的“林花谢了春红，太匆匆，无奈朝来寒雨晚来风。胭脂泪，相留醉，几时重？自是人生长恨水长东！”这首歌被陈升唱到诀别，但被信唱到痛；痛是痛在生离——不是死别，就像他的——《死了都要爱》。

我发现很多人都是在KTV听了别人点唱这首歌后，才去听了信的原唱。我在北京和苏州，两个气质完全不同的城市，见到两个气质完全不同的男人，唱这首歌唱到失声，甚至是痛哭失声，而且完全不是因为失恋。

他们中的一个唱到“许多奇迹我们相信才会存在”时，泪水突然狂飙出来。这句真得很贴切，我就生生看着这么一个壮年北方汉子，在这一首摇滚歌曲的抒情段落面前，把所有的坚强溃疡成泪。直到今天，这个汉子的MSN签名还是“许多奇迹我们相信才会存在”。我知道，放弃很容易，相信奇迹需要很勇敢。

另一个，是江南人，也近中年了，平素里文质彬彬到极致的一个。他一开唱就把调子提得极高，到进入最高潮的“穷途末路都要爱，不极度浪漫不痛快”时，我恨不能给他垫把椅子。但他就在接下来的一句“发会雪白土会掩埋……”时，失声——痛哭。他痛哭的时候，我看到他一直笔挺的头发里已零星花白。

摇滚的情歌，往往观照的不一定是爱情本身。摇滚的爱情，是一种慈悲。

前天和酷爱老鹰和涅磐乐队的一个老友聊摇滚。他说他对我很欣喜，我大概明白他的意思。30岁，嘻痞都成雅痞了，怎么一个30岁的女人反而亲近起摇滚来。我说其实很多摇滚的歌者，都是很天真的男人。这样的男人对现世有着不切实际的美好愿景。所以，摇滚的骨子其实很正直，它不希望人们随便妥协，它希望人们勇于和一切不美好抗争，做真实的自己。摇滚里的悲伤，也许有绝望，但就算绝望也不妥协，放弃生命也不放弃理想。那是一种很大的慈悲。就像我还是很喜欢窦唯，虽然他在自己的音乐里不再歌唱，但他心里有毫不媚俗的东西，仍然洋溢。

我的朋友说：喜欢摇滚的人，即使是被人踏成苔藓，也是绿的。只要还年轻，敢正直地大声说出自己的不喜欢，敢对虚伪的人说“去你妈的”。只要还能做最真实的自己，就算你一点音乐不懂，你也是摇滚的。

摇滚是慈悲的。

摇滚的慈悲（二）：流浪歌手的情人

《Special thanks to》是信的首张个人专辑。如果我说最喜欢的是《爱情三十六计》，一定是完全出于一个女人的母性。

信，把他5岁的宝贝儿小丸子打扮成小天后的模样，放在麦克风前，自己抱着双臂笑笑地站在她的身后。信一米九的身高成为女儿骄傲的背景。

小丸子，跟着信生活，做一个单身摇滚乐手的宠儿。她回头看一眼爸爸，然后放声高唱，对一个5岁的幼儿来说，她的音准真的不错，吐字也比较清晰，但最打动人的还是小妮子声音里的大无畏："是谁说的漂亮女生没大脑?！……是谁开始先出招，没什么大不了；见招拆招才重要，敢爱就不要跑……"我想她是不懂这些囫囵背下的歌词，但是她的无畏，绝对比蔡依林的颐指气使更有信服力。

毕竟，在一个5岁女生面前，有多少不可限量的可能啊！如果她的身后，还有那样英挺摇滚的父亲，她不可限量的可能似乎变得更有靠山。

靠山，是个贴切的词儿。一个完整的男人，应该有一个女儿；然后做她一辈子的靠山，完成一个男人对一个女人一生的爱 —— 仅有父女，才能完成得完整。

大一时流行一首歌，《流浪歌手的情人》。不知道为什么，那一年听这首歌时，我想象到的流浪歌手，既不是唱歌的老狼，也不是写歌的高晓松，而是郑钧。现在想想，可能是因为郑钧的摇滚里有一股懒洋洋的劲儿。我想象的流浪歌手，必然应该是懒洋洋地行走 —— 如果一路疾驰，完全可以应聘去快递公司 —— 郑钧的气质，就是这样；他总让我联想到竹林七贤，涣散里，有深刻的悲悯。

就像他在文章里写道“…… 祈祷上帝把女儿命中的苦难全都转到我身上。那一刻，我第一次感到身为人父，兹事体大。听着女儿的惨叫，我发誓，不管人生有多艰难，我都必须坚强，因为我没有退路，我是一个小女孩的父亲，我要一生保护她，给她一个美好的未来。”读这段文字，有落不下泪来的感动。被一个男人对一个女人的爱感动。

其实除了《灰姑娘》，我最喜欢郑钧的歌是《怒放》。看他上面那些文字，《怒放》的曲调盘桓于耳畔。我想这首歌他若是送给 Angie，作为父亲为女儿一生写的主题歌，都合适不过。

没有永远但还有明天，明天也许一切就会改变；
你不要担心会没人陪伴，我会一直陪你走到终点。
我不是最美的花朵，但我要为你盛开欢乐。

我要怒放，怒放；怒放，怒放；怒放，怒放；怒放，怒放，怒放。
我收获快乐也收获折磨，我所做的一切你都值得；

要笑得灿烂令世界黯然，就算忧伤也要无比鲜艳。
和你分享 你的眼泪，你的悲伤；你的欢乐，你的盼望。
哎呀，爱呀；爱呀，哎呀。

前阵子听陈奕迅的《Life continues 》，唱片的封面女郎，就是他的女儿——一个和爸爸有一模一样眉眼的小胖丫，流着一大粒口水，笑得无比喜气洋洋。陈奕迅写了首《大得太快》给她，反复反复唱“她长大得太快会令我觉得自己未大”。不知道是不是因为陈奕迅喜欢穿特别大特别怪的裤子，所以我总觉得他是个“纨裤子弟”；在这首歌里，这个貌似公子哥的大男生，有了初为人父的舐犊情深，也有了面对生命生生不息的怅然若失。

“哎呀，爱呀；爱呀，哎呀”，父亲对女儿的宠爱就是这个味。

可能对女人来说，一生都会有一个命题：一个男人对一个女人的爱可以有多少？

是用公里来丈量，看一个男人为了一个女人去国怀乡，还是用时光来考量，看一个男人可以陪一个女人走得有多久长？或者是用数字来计量，看一个男人可以有多少钱入女人的账？也许就像亦舒写的，要么要很多很多爱，要么要很多很多钱，或者，要很多很多年？

我的两个哥们，各自都是一个小女孩的父亲。只要谈到女儿，两个大男人随时随地就会变得特别柔软，眉眼、音调、手势甚至是坐着的姿态，都柔软下来。那天不知怎么聊到“女大不中留”这个话题，虽然对他们而言，要面对这个问题，怎么算也还要有个十几二十年。但他们显然已经一触即发，很有些忿忿然，好像那个现在还不知道在哪里的杂毛小厮已经跳墙进了闺女的西厢。

两个爸爸很正色地合计，神情相当坚毅：要拼命地工作，带着女儿周游世界，吃好东西，过好日子，看好玩意儿。以后不管哪个小子带她去哪里，给她什么，她都可以保持一份优雅和高贵，不至于像个没见识的女人一样，下楼遇到第一个男人就急急私奔。

他们越谈越兴奋，俨然像两个将领在摆布攻防阵形，怀着一份寸土不让的赤子之心。这不稀奇的，余光中老早就写过一篇“檄文”，叫《我的四个假想敌》。假想敌，就是要娶走他四个女儿的男人们。他说父亲的这种敌忾自女儿还在襁褓就有，所以有时候，看到对面来辆摇篮车里睡了个男婴，就会很有些不平地盯着那个还在吹鼻涕泡泡的臭小子，想，可别就是这小子十六七年后，来爬我家的后阳台。这样想着，恨不得在他的奶瓶里放点胡椒粉，让他就此吓得远远走开，少一个日后的假想敌。

父亲的用心，何其“阴险”，却又何其良苦！我想除了女儿，再没一个女人能够得到一个男人如此周详的宠爱，可以如此心甘情愿地把很多很多钱、很多很多年和很多很多爱——赤诚给予。

信为女儿伴唱《爱情三十六计》，歌声格外盛大；他的高音向来华美得奢侈，最是“拿得起”，然而这次为女儿有点“放不下”。在《Special thanks to》歌词簿里，信在这首歌旁，亲笔写下一句颇耐人寻味的注脚：

很多人问我为什么要唱这首歌……

我不知道等小丸子花开豆蔻的年纪，还会不会和爸爸一起再唱这首歌。如果那样，信在唱道“爱是一种奇妙的东西，会让人突然不能呼吸；你需要一个人静一静，决定究竟什么该放弃”时，还会不会像今天这样目光如波，摇曳在小丸子的俏模样上？或者要经过怎样的爱情或是人生之后，小丸子能够真正看懂爸爸当年的注脚，突然明白：有一个男人，是这么样地爱着她。她不用跟这个男人交融，因为她，就是这个男人的 —— 一部分。希望到那时，信，还能歌唱；还能站在小丸子的身后，像她的靠山，用最华美明亮的声音一起高唱。

信为小丸子唱起《爱情三十六计》，他的歌声很无畏，他的目光很慈祥。

这个小女子，将是这个流浪歌手一生的情人。

蝴蝶来过这世界

愚人节，这原来是西方一个欢乐的节日，但从2003年开始，这个节日的整蛊在一次现实面前黯然失去了全部幽默因素。

2003年4月8日，星期二，苏州晴，香港阴。正是桃花灿烂，空气里的温暖，带着一点倦意。春已深，有早起的蝴蝶，翩跹地来。

又是一个星期二，时光——过去，总是不容分说。可这一次，它还不容分说地带走了一个人……

阴天的香港，这天是张国荣的葬礼。

午后，看凤凰卫视的直播，柯蓝在直播室里哭泣。连线叶大鹰的时候，听到那个北方汉子在电话里哽咽。导播把《红色恋人》的片断切换上去，影片里的张国荣说：

……如果不能骄傲地活着，我宁愿死去……

绝世名伶，不等掌声响起，拂袖把大幕拉落，在潮起的掌声拍岸前深潜——永远。

他演完了他的，并不为掌声而完。等不到老，是一种坚决的长生。

我依然想念他。

理智动了情感

我喜欢李宗盛。可以不因为他的歌声，甚至不因为他的歌。

听李宗盛，很多年了。就像张艾嘉说“每个人心里都有一个李宗盛”一样，在我心里，这个名字也是我的一部分少年。那个青春期，弥漫着李宗盛歌曲的敏感的莫名的忧伤——陈淑桦、周华健、辛晓琪、赵传，那些滚石的歌者……

少年时的很多人很多事，因为懵懂，其实本来就不曾完整，现在更记不清楚，只有一首首歌会把那些过去了的时间又席卷回来。慢慢唱起来啊，各色陌生的好听的不好听的歌喉跟着熟悉的调子，唱熟悉的词儿，唱着唱着，就像旧时写满铅笔字的纸，湮灭的段落沿着折叠线摊开，模糊的里面还明白着一些当年的梗概。

我们过完了的很多年纪，就落在当年流行的歌曲里。在这一首首歌里寄存了心事，多年后还魂，在那些歌声里找到的是自己的历史残片。

喜欢李宗盛，是因为在他的歌声里，可以像个孩子似的。在多少岁的时候，都还可以像个女孩子似的。

Sense and Sensibility，这是之前李宗盛个人音乐作品演唱会的主题，这两个单词是很李宗盛的，只是中文译作了：理性和感性，差强太多。—— 从音乐商业化的角度，李宗盛的创作是流行产品的范本。调也好唱，词也流畅。少年时候消费不起那些其实深刻的内省，只是浅表得成为青涩做作的敏感。—— 我以为，Sense 最能对应的中文应该是“官能”，有机体的器官功能。就比如视、听、嗅、尝、触，是属于眼、耳、鼻、舌、身的官能。Sensibility，好像更准确的应该是“敏感”，那是一种尖锐的感觉。

长大以后，知道世间很多的感情是欲拒还迎的，在 Sense and Sensibility 间苦苦坚持，然后统统发现。所以英国有个哲学家说过，“这世界凭理智来领会是个喜剧，凭感情来领会是个悲剧”。

可是，谁不是用理智动了情感呢？爱情，就是用来释放孤独、释放悲伤、释放绝望的。

在 Sense and Sensibility 音乐作品演唱会现场，李宗盛率领着梁静茹演唱到陈淑桦，台上大屏幕里显示着他写给陈淑桦的信。

To：淑桦

淑桦，一切还好吗？但愿你已从失去母亲的深切哀伤里平复过来。不管我们乐不乐意，随着岁月增长，我们都得渐渐地去看见人生更完整的面貌，我们所有的获得或失去，恐怕都不是生命的本意，反而是经历一切之后，发现自己。这些年，少有机会见你，在办公室碰见也只是擦身而过，匆匆来去。记得小小黑黑的臭臭的录音室吧？对，我还在那里，记得不厌其烦一定要你重来一次的小李吧，是的，我还是坚持，我要的自有道理，我仍然在为写每一首歌、每一个艺人、每一个案子尽力，在绚烂舞台、惑人声名之外，尽力完成自己。

好久不见，淑桦。你在台下看吗？看小李变成真正的老李啦。头发没了，胡子白了，人漂泊了，心沧桑了，却依然要大声唱歌，好像当年一样。没关系的，日子会顺顺地往下去的，我们会再见面，唱歌，就像当年一样。

我以为这是一份爱情了。是我尊敬的。

真正的爱情，是一种肩负。

比如一个许诺，总有一个时刻——可能是万人的舞台之上，像李宗盛唱完《领悟》后告诉辛晓琪的话。当然也可以是落幕以后，尘满面，鬓如霜。你还是记得的并且兑现了，就完成了肩负，也完成了爱情。

爱情，是值得尊敬的。

活杀的　无奈何

关于香港的语文，泛指粤语文，总让我好奇，但难得亲密。比如开广告公司后，接洽过一单业务，要我们做粤港地区项目推广。我当即辞了：朋友慢慢做，生意就不做了。理由就是语文生分。

我对语文总是敬畏的。语文，亘古根植社会形态与时代背景底下，呼吸吐纳，交媾繁衍，在音、形的背后，大义凛然。模仿语文永远只有一个下场：愚蠢。—— 比如戏剧，一旦离了本土，就像断肢再植，完整地表现出残疾而已。我心深处还是有些古板地坚持，中文不能表演出莎士比亚、易卜生的原意。

语文是文化的重要载体，也是文化的绝对内容。语文隔膜，说小了是话不投机，往大里讲就是价值观相异，乃至于视同两种生态。

少年时，香港语文对我是亦舒多过金庸，后来就是李碧华。现在想想，这两个女人都是语文狠角色。

这“狠”，取“犭”是夹杂点兽性的。香港女人在语文里的生猛腥气也难分性别，同在欲壑，生死与共。取“艮”，就是死硬。“艮”是八卦之一，如山，释义为坚硬、坚强。不过“艮”在八卦中也被看作纯阳又纳至阴。百炼成钢又千结柔肠，很女人。

就像亦舒说：“真正的女人，应该是从不炫耀她所拥有的一切。不告诉人她读过什么学校，去过什么地方，有什么样的衣裳，买过什么样的珠宝——因为她没有自卑感。”

这样的中文，30年前，必定是经由香港女人的笔下生出来。即使不是亦舒，也一定还是个香港女人，这是由香港生态决定的。

李碧华接着放狠话，是又过20年。

“只恨女子由来心眼浅，平白便点缀了众生，抬举了男人。”我特别喜欢她这一句，立时女权。——好的语文，就是“活脱脱地”，脱出这些文字的音与形背后，其义——赤条条。赤条条，才是大义，才是凛然。

从亦舒到李碧华，20世纪的七八十年代到90年代，香港语文里有一种速度感，不在句式的长短——即便冗长，也不再从容优雅，而裹挟着香港式的拥挤，和拥挤出来的怨气，或者是无奈和无能为力。

像这样的香港语文，必定会等到林夕的“你是一封信我是邮差，最后一双脚惹尽尘埃，忙着去护送，来不及拆开里面完美的世界”。林夕的情歌里饱浸的哀伤，不仅仅是爱情的，也属于商业社会。20世纪末，而黄伟文写于是有与非门。

与非门之媚，最是蒋凡唱将起粤语，比如《呢个时候》。蒋凡是长沙人，湘女潇潇，自然是有柔肠可以把粤语歌里的妩媚一路抚触回荡。这好比，我向来觉得吃荔枝或新鲜的龙眼，最性感的，莫过于把壳剥开的一刹那，软玉般荫泽的果实甫地剥落。听灵慧的外乡女子曼唱粤语的妙，也在于把得住那份用心的腔调，妩媚刻骨。不像本邦的草根，已经把方言说成口水散漫的俚语村话。即使调情，也只是咸湿笑话，不性感。

与非门其实成名甚早，我还在电台的时候就听过他们的首张 EP《做爱做的事》，记住了蒋凡的嗓音 —— 美色撩人。后来他们唱《凌晨》、唱《乐园》、唱《风起云涌》，电子音乐玩得越来越炫。前段时间回北京，和几个哥们坐在什刹海酒吧听驻唱，聊起龙宽九段和与非门。我说，龙宽九段是惊艳，与非门是鲜艳；龙宽九段是满城尽带黄金甲，与非门是桃李春风一杯酒。赢得举座拍案，甚是自得。

这几日听与非门的新歌《满江红》。满江红，一唱九百年，就像中华民族的第二国歌一样。歌者，抱血气方刚的精忠有之，怀血泪模糊的悲愤有之，表血肉长城的义勇有之。总要唱到一腔热血洒成一江血色才好。个中能把这一曲唱到迷离忧伤的，我独得蒋凡这一款。特别是间奏调出一阕琵琶曲，心弦动了。北京那夜的一个哥们今天中午在 MSN 上和我聊起这首歌。我说，那日与这首歌初相逢，竟鲜灵灵想起少年时读岳飞的另一首《小重山》。“昨夜寒蛩不住鸣。惊回千里梦，已三更。起来独自绕阶行。人悄悄，帘外月胧明。白首为功名。旧山松竹老，阻归程。欲将心事付瑶琴。知音少，弦断有谁听？”哥们竟说不知道岳飞还有这般柔肠。

我们对岳飞的全部印象，几乎都来自刘兰芳的《说岳全传》，直到或早或晚遇到《小重山》。年少时，不会去怀疑江湖演义是否顶替了历史真相；就像我们对于爱情，往往文艺情节先行于生活细节。长大以后，对岳飞、杨继业、薛仁贵这一干广播里的英俊少将，才有了新的视角。从《小重山》到《满江红》，岳飞的忧患当然可以全部与功名有关。在蒋凡的歌声里，就容岳飞保留一个三十多岁男人全部的心事吧。

今天和北京哥们 YEE 说，前些天看书，有张窦唯九零年代初的照片，在北京的四合院的老家里，所有的家具全部在一张床上，书、唱片和满墙的摇滚明星招贴。唯独在枕侧墙头有一张不是太清晰的照片，但还是一眼可以认出来，是 —— 王菲，笑得明媚。我说，看到那张照片，还是很震撼。有些物是人非的感觉。不知王菲会不会是窦唯一生的心事。

YEE 叹一句，三十功名尘与土，八千里路云和月，说：“岳飞会失眠，王菲也会失眠。心事成茧，你可以在与非门的歌声里化蝶。”

"痴缠"这个词，阴柔，像烟霞榻上玲珑的女子，用华丽的靡蔓释放纠结的萧索。

寻常里　寻无常。

第三章

如能忘掉渴望　岁月长　衣裳薄

熟的年纪，是否还会谈一场生的爱情。在懂了爱情或就是一场可以计量和测算规律的生理周期以后，是否还愿意掏出内心零存整取的最大一笔相信，慢下时光，将爱情进行到底。你还相不相信，你一生来走这一遭，是注定为了遇到一个人，谈一场爱情，不计名利。

58年以后，记者问85岁的李丹妮：你还记得那一刻吗？

老太太平静地说：记得啊。

记者又问：你觉得是晴天霹雳吗？

老太太停了一下，还是很平静。她说：是难过的。当时就是两个想法，一个就是我们就到这里了，我告诉自己不可以了。第二个就是想，已经有别人作为他的妻子照顾他了，我不可以了。

—— 李丹妮说了两个不可以。不可以做他婚姻外的第三者，她是果断的；因为爱他，她居然都没有愤怒他的欺骗。不可以做他的妻子了，她是那么怅然；因为，爱他吧 ……

那次分别，之后是暑假，之后是新学期，之后袁迪宝去了成都，李丹妮留在杭州。

那次分别，之后是整整55年。他们没有再见过面。

李丹妮很快选择离开了中国，和父母去了法国。那时没有长途飞机，是坐海船。船过印度洋的时候，遇到骇浪，一个接着一个地把船吞进浪谷里。李丹妮说，她看着舷窗外没顶的海水，有一瞬间想：就这样沉下去吧，沉下去，再也不用活下去了。

李丹妮自然是活下去的，而且活得够长。

在回到法国的前几年，她和袁迪宝又开始通信，他们在信里面开始聊些家常。袁迪宝开始给她寄自己头生子的照片，然后有了第二个，又有最小的。这些小男孩的婴儿照一直贴在李丹妮家餐桌的旁边。李丹妮会给孩子们寄奶粉，寄一些有疵点的小玩具。

她没有告诉袁迪宝的是，她回到法国后过得很清苦很拮据。这些奶粉的钱是从她妈妈手工加工小玩具一只一只积攒下来的生活费里抠出来的。

如果小玩具有疵点，妈妈就没有钱。

袁迪宝经常收到法国信件和食品、玩具。袁迪宝的妻子也会问起，袁迪宝这样说：这是我最喜欢的一个俄语老师。妻子笑了笑说：挺好的，让她多寄点奶粉来就更好了。

不久，国内的形势变了，国际邮路断了。李丹妮给袁迪宝寄的信被原件退回，并且被告知这些海外来信会让袁迪宝陷入麻烦。于是，李丹妮再也没敢给袁迪宝写过信。

后来，中国改革开放了，李丹妮又几次抱着试试看的心情给袁迪宝的老地址写信。

但是人去楼空，信还是被原件退回。印讫上写着：查无此人。

她和她收到的他的96封来信一起，继续活着，继续活下去。

李丹妮在法国从青年到中年都有很多倾慕者和追求者。但是，她从来没有再动心过。

她精通中法英俄四国语言，最终她选修了汉语言文学一直攻读到博士学位。她是一个中国通，热爱教授、传播中国文化。法国政府为了表彰她在中法文化上作出的贡献，授予她“骑士勋章”。政府为她出版了个人自传《混血儿》。在那本自传里，对自己留在中国的爱情，她只淡淡提过一笔。她说爱是自己的事情，没什么可以多说的。

那时候，她已经老了。她开始为自己生活完全不能自理的时候作一些安排，她的决定是到修道院的老人院里去。她把那96封已经烂熟于心的情书装进一个牛皮纸袋严实地封好。用中法两国文字写上：如果我死去，请烧毁它们。

记者问李丹妮：为什么要烧毁呢？

李丹妮说：因为那里面是我的爱情，是我的事情，和任何人没有关系。

直到2010年。

袁迪宝的发妻在2000年因病去世。十年间，老头拒绝了孩子们好意为他做媒的所有续弦老伴的安排。他一度活得很自闭、很自我。在鼓浪屿岛上成了一个怪老头，游客眼里的“老乞丐”。在体力还好的那几年，他会在早晨4点爬上鼓浪屿的最高峰日光岩看金星停在天顶。

2010年的春节，子孙满堂的袁家，82岁的老爷子第一次给孩子们讲起了旧影集里的老故事，他第一次向自己已经年过半百的儿子们和逐一成人的孙子们坦陈自己当年的爱情。

那一夜，全家人通宵倾听。第二天，他们集体决定鼓励父亲再给李丹妮写信。

李丹妮已经老了，她在为自己去修道院终老的事不断做着准备，但是她始终没有离开老宅。也许，这个老宅的意义，就是保留着那个55年不变的地址。

袁迪宝的信寄回了这个地址，在杳无音讯55年之后。一共是5封一模一样的信，一封封寄来。袁迪宝说，他怕她已经搬走了。如果新的屋主人连着收到5封信，也许会想着去找她。

当然，第一封信，李丹妮就收到了。

2010年5月1日，袁迪宝在55年之后再次接到了来自法国的信，里面是熟悉的笔迹，还有一张彩照。照片上的李丹妮已经老了，但是袁迪宝看着照片上的人，就好像58年前的那个9月，他看见了天使。

在给李丹妮的回信中，袁迪宝写道：亲爱的丹妮，接到你的信我激动万分，认为这是一个奇迹……我倒在床上，求上帝给我启示，最后想到了，50多年前上帝叫我来认识你，是要我来爱你的。离别50多年后，再让我们相见，也是要我来爱你的。

李丹妮回信说：两年来，因为常生病，我开始整理东西了，特别是书信和照片。你给我的，我都保留到了今天。

在看到这封信后，袁迪宝很心疼。他决定请李丹妮来厦门结婚。他在信中说：你独身至今，信物也留存至今，请原谅我的负罪感，我们要重生。如果你愿意，来厦后我们可以到民政局办理结婚登记……你来和我们同住，我的儿、媳、孙一定会把你当妈妈、奶奶尊敬的。

李丹妮在动身回中国前，给袁迪宝写了最后一封信。在这封情书里，李丹妮说：深夜了，我坐下朝天看星星，我朝天看的莫不是想看到你吗？我深知你是真正爱过我的人，正如我真正爱过你一样。

2010年9月18日，厦门高崎机场。袁迪宝捧着55朵玫瑰，他的三个儿子和孙子们都捧着鲜花。在分别55年以后，82岁的袁迪宝迎接到了他的爱人：李丹妮。

三天后，他们正式公证、宣誓，结为夫妻。

“上帝叫我来认识你，是要我，来爱你的！”

SHE有一首《我爱你》的MV，拍了一个很童话的海誓山盟，当听到她们反复唱着：

我爱你 我想去 未知的任何命运
我爱你 让我听 你的疲惫和恐惧
我爱你 我想亲 你倔强到极限的心

我还是很感动的。

岁月长　衣裳薄　我们需要相信爱情的。

在今后无论多么沉溺的日子里面回想都可以因为这经过的而眼睛亮亮的微笑，使厚重、迟滞、拖沓的生活因此有点迷人的亮色。

就做一个好的女子

——这篇文字里收录三封书信，是三个女子的书信。有初为人母的妈妈写给襁褓中的女婴，有远渡重洋的女孩写给未来的自己，也有经历人生的母亲写给一路行来的孩子。我将这些文字结集在这里。希望人生如文，就这样做一个好的女子。

(一)

萱萱是我20岁年纪时相识的好友。几年后，她与恋人游学海外，后来定居加拿大，做了一儿一女的妈妈。

在初为人母的那些日子里，萱萱殷勤地在网络空间把头生闺女一点点的长大，都海报似的招贴出来。隔着世界上最辽阔的海洋，我们每天都注视着那个外国籍的中国小丫头长大……

关于这个小华侨的姓名，一直没有定论。直到看到萱萱在BLOG里写了一封信。信的起首是：子衿。

原来那个婴儿肥的“小洋妞”有了她的中国名字，出自故国最古老的诗集，终也不枉她的父母都是学汉语言文学出身的。

萱萱的文字，让我怦然心动。

子衿：

这是妈妈给你起的名字。这个名字，是因为我喜欢曹操的诗。

他征求贤德之士，在《短歌行》里唱道：“青青子衿，悠悠我心，但为君故，沉吟至今。”我这样叫你，亲爱的子衿，当然是希望你今后成才。

决定这样拿来当你的名字用了。妈妈告诉了妈妈的老爸，你的外公。他说：很好。这是从《诗经》来的吧。

这我还真不知道呢。不过，子衿，巧的是当初妈妈的老爸给妈妈起好名字后告诉他的老爸，妈妈的爷爷时。爷爷也说：很好。萱自《诗经》里，此乃忘忧草。

我的子衿宝贝，现在你和我的名字都是从中国最古老的诗集《诗经》里来的，很不错。

不过《诗经》里的这句诗，是指年轻女子在等她心爱的人。子衿啊，你从现在就开始等，是不是太小了点 …… 你看，你现在还只知道吃和睡呢 ……

那就先睡吧，宝贝。

我在萱萱的 BLOG 里留了一段读后感。

我说，看了你的这段文字，怦然心动。让我心怦然的，不完全是你的文字，而是文字里的母性。特别是“《诗经》里的这句诗，是指年轻女子在等她心爱的人。子衿啊，你从现在就开始等，是不是太小了点 …… 你看，你现在还只知道吃和睡呢 ……”

这句话很美，无限缱绻而无比温暖。让我想起大学时读龙应台《孩子你慢慢来》那一刻，心里绽开那一片属于母性的柔软。以笔为炬，处处点野火的龙应台，印象中是那么一个义薄云天的女笔侠，左手写着国事民生，右手写着哲学历史学，心却在《孩子你慢慢来》里绵延出万丈深情。

在那本记录她两个儿子成长的散文集子里，她的笔墨是粉红色的，像婴儿的脸色，柔柔地写满了她的安安和飞飞的点点滴滴。我特别记得，她写自己看着学步的儿子从地上爬起来，跌跌撞撞向她飞奔过来；突然感动得热泪盈眶。因为那一瞬间，她想，亘古洪荒，也许孔子、李白的母亲也曾这样守望着她们的儿子；孟德斯鸠或是柏拉图的母亲也曾这样张开安全的怀抱等待着她们孩子的降落。即使儿子们不能成为那样的人，每一个母亲在等待着孩子成长的心都是一样的。心疼地喜悦着。写到这里，龙女侠说她抱着儿子大哭起来。读到这里，我也曾经感动得要哭出来。

生命中的很多流程，也许总是期望它走得越快越好。子衿这个小华侨，要学会读《诗经》，要学会懂《诗经》，真不知道是哪一年的事。

但是我想我们都愿意花上一辈子的时间对孩子说，孩子，你慢慢来，慢慢来。

（二）

扬扬，是我老朋友兰姐姐的女儿。在她去国怀乡之前的少年风月，我匆匆在一些公众场合见过这女孩儿两三次。每次她都冲我笑，琅琅叫：姐姐好！落落大方的。后来再相见，已经是个留英的娉婷青年，在剑桥攻读工程设计。

比起90年代中出国留学的萱萱，2000年代中，扬扬这一代新留学生，手持护照，挥别父母和家乡的背影越来越优越而从容。

我的很多大朋友们近乎“义无返顾”地在子女高中毕业时，倾力而为，让他们顺利衔接上海外的高等教育。有时候也会想，这离别的相对从容，会不会变成一种纵容？纵容他们挥霍身在异国他乡的新鲜感受，而不珍惜成长与远行的人生思考。—— 直到我在一个清晨打开E-mail，看到了是时大三的扬扬的这样一封来信：

姐姐：

昨日夜晚，看你的字，一行接着一行，笑了哭了。我终究还是个孩子，想要得到却还不知道该如何得到。一个人的天涯，虽然很淡，却很完整。我无法再了解那许多，只能是淡淡的风。

Leslie、梁朝伟、茨威格、瓦尔登湖，甚至是老狼的那首月亮。四年前对它的一见钟情，这才知道是高晓松悼念顾城的歌，甚至是那家雨果，四年前几乎日日的午后在那里消磨。

姐姐，我忍不住要写信给你，告诉你，这些字让我笑了哭了。

我为什么不再写字了。因为觉得无法继续，继续下去的内容只是停留。因为觉得有一种热情，幻灭在了这个没有多少生气的国度。我告诉自己这是错的，然后原谅了自己。

姐姐，我是个那么逞强的孩子，可我的墙上，一直都贴着三个词淡薄、满足感、本性。

我不知道，只是觉得每每看到它们，会心安，或许觉得，像那是苏州的性格。我这样一个逞强的小孩，可以在那样的土壤里感到柔软。那天做完设计的 CRIT，我冲进 STUDIO 边的洗手间，一个人哭得稀里哗啦。在牛津的春天，我总在沿街的樱花树下瞧见苏州的灿灿桃花。那是好深好深的花林，那枝桠却温柔地划伤我的皮肤。

姐姐，是说只有传代的酒没有隔年的茶的。可借酒撒疯后的清醒，第二天便已忘却。我含着去年明前的碧螺春，却分明觉得心肺沁香。

姐姐，我盯着凡高的画发呆，我体会不到是什么让他有如此单纯而剧烈的热情。他的纯粹，他的把绘画凌驾于一切之上，为什么欲望和诱惑在他面前是那样的无力，为什么他能做得到。

姐姐，我只是看到那些字，那一个个刺目的名字歌谣。我忍不住要写信告诉你，虽然我再无法体会更多，可我仍然笑了哭了，在花开却不暖的春。

姐姐，我终究还是个孩子，这不是我为自己找的借口，我依旧日日都在赞着，那眼神里美丽而飞扬的青春。

Yang

这些文字是那么美好，美好得就像20岁的年纪，让我感动，感动到想起自己渐行渐远的年少时光。那些有梦想有失望的日子。

而我也在这样的文字里，看到另一个女子的样子——扬扬的妈妈。兰姐姐，是我相交多年的老朋友了。她是一个容易亲近的人，处世周全，性格率真，又绝非奉迎的玲珑，而是——阳光的，也许很少有人会用阳光来形容一个已过不惑之年的女人。但我这样认为她，因为她的晴朗，让人温暖。

自从扬扬去了英国，以前从不上网的兰姐姐一下子就学会了网络在线聊天工具。

在线的时间，漫长而坚守。我想大概北京时间的午夜时分，她牵挂的时钟早也回转成伦敦时间女儿放学的一刻。

年后，兰姐姐写了一篇博客，读到热泪盈眶。

咀嚼年味

雨声滴答、爆竹噼啪，把我从睡梦唤醒，今天是正月半。年，正在慢慢散去。

没有孩子在身边的年味是淡的。今年没有在外吃年夜饭，待想起，已经“客满”。婆婆说，就在家吃吧，实惠。哥嫂准备了丰盛的菜肴，圆桌上挤满了一家三代，能回家的都拼命赶回来了，就为“团圆”。只是女儿无法回家，望着兴高采烈的侄儿侄女，心中不免失落。

女儿告诉说，大洋彼岸没有爆竹声，没有红灯笼，没有糖年糕和小圆子。我问，想家吗？女儿坦然道，没有一个在外的孩子是不想家的。是的，我的问话是多余的。一直念着女儿穿新衣开心的笑脸，贪婪地吃糖年糕时满足的神态，拉着兔子灯满屋子跑的顽皮样。

想女儿了，打了越洋电话，那头传来女儿甜甜的声音，她刚打工回来，洗了4个小时的碗，有点累，她说，因为今天人手少。我心痛得眼眶中一下子就充溢起来……在外留学的孩子早懂事。我有一位小网友，假期就打两份工，累得筋疲力尽，她还幽默地说，我终于知道了累的含义。没有家长的要求，是他们懂得了分担。

风起，雨停，爆竹声此起彼伏，时有烟火在空中灿烂绽放，推窗，探头，仰望上空，不见月亮，天空仍很明亮。年，过了。无论过去的年是灿烂，还是苍凉，新的一年开始了。新的年又带来了新的希望，这是年的意义。每个人又有了新的起步。

想起有几次和兰姐姐聊深了，聊起她的年少时光；关于成长、关于爱情、关于青春和梦想，依然清晰、静好，只是也有些怅然。岁月悠长，慢慢的，少年时颗颗晶莹水滴已成了一面安宁的湖水；依然盛着当年明月，却也明亮，但已遥远。

但当扬扬的文字展开在我的邮箱 —— 我突然读到了兰姐姐作为母亲，全部的心血，就像在多年以后的今天，当我坐在我母亲的身边，已不能忽视她的苍老。我内心突然会涌起无以言表的感恩。当年那个毅然为爱情只身下江南的女子，用她一生全部的所有所能和所爱，成全了我的父亲，成全了我的兄长，成全了我 —— 全部的成长。

我给扬扬回了封信。我说，我们知道，人生就是一次一个人的旅行；但如果看了妈妈文字里的牵挂，可以感知那样的悠长，一如我们的人生路一样。所以三毛说，父母永远是我们的守望天使，无论我们在哪里，他们的爱就在哪里，让我们不至于最孤单。就像兰姐姐的执守，是在网络这一端；而当我去北京的时候，母亲一夜之间就学会了用她操持劳碌的双手给我发牵记的短讯。我到北京，妈妈也到了。

就像扬扬在伦敦，妈妈也在的。

成长的路上，那份来自母亲的爱情，其实又是多么容易被我们气盛的青春淡然。必是要经过多年以后，我们才会明白，她们和我们一样，也曾经是一个有过同样情怀和梦想的女孩子；只是自从有了我们，她们必须变得冷静、独立、坚定和勇敢。

是的，每个女子都有她最美好的年纪。随着她们诞下新的生命，在另一个芬芳而洁白的小豆丁身上，美好递延继续。从此，她们有了一个心结，一个永远不能放下的牵挂——因为她们身体的一部分，成为了另一个新鲜的生命。

就像小萱萱的子衿，其实已然开始等待。

生命就是一种等待的过程。那个总有一天会从萱萱身边接走子衿的人，爱她的人，可能已经在世界的某一个角落。他也在长大和等待，等待他与子衿相遇的那一刻。

而亲爱的扬扬和兰姐姐，让我们一起，就这样做一个好的女子。

你最美丽的时候遇上的男子，还在身边吗？

中午好久不见的一对好朋友夫妇来公司，约了一起吃饭。

跨进2007年，和这个女友就整整相识十年了。她的样貌没有什么变化，和十年前我初相识她时一样，袅袅婷婷的一个。公司里的男生在她走后问我，那个美女是谁啊？我说是那先生的太太啊。男生们很是羡慕她的先生。

我认识她的时候，她正在恋爱中，甜蜜得像一颗亮晶晶的糖果。那是她的初恋，并且幸福地成就了她的婚姻。女友的人生如她的名字一样顺利。中学保送大学，本科保送硕士，然后相亲，恋爱。简单自然，一如晾在晴朗天空下的手帕，芬芳而平展，在风起时候把幸福一角飞扬起来。临近结婚，女友有天带着一丝率真的忧虑问我：大家都说我太顺了，什么都没经历过。万一以后遇到些磕磕绊绊的，会不会比别人的承受力脆弱呢？我说：不会，你这样想，成长路上所谓门槛你都一帆风顺，所以后面对什么都可以如此自信，都会顺利。她莞尔一笑。不久，她是那个谦谦男子的新娘。

她的先生，是个文雅英俊的男人。两个人在一起，让我想起《甜心先生》里的一句台词："You complete me."（有人译成"你，使我圆满"，是我喜欢的）人生如璧，从此美满。不久，女友发现自己快做妈妈啦，那一天她似乎又有一点点忧虑呢 —— 我想很多女孩子在那一刻都会有点怅然若失吧；为人母，意味着和自己的少女时代挥别，或者还会担心是否能继续成为爱人唯一的宠儿？—— 但很快，她完全沉浸到了对宝宝的孕育与守望中，小小的身体像成长的花蕾，沉实静好。这一刻女人的含苞待放，不再是"娉娉袅袅十三余，豆蔻梢头二月初"，而是"绿艳闲且静，红衣浅复深"，因为当这次花开，便会迎来一个嫩生生的新生命了；就像小时候安徒生童话那样 —— 每一个小孩子都是从接骨木花朵里盛开出来的。

在接下来的日子，女友成为一个小男生的妈妈。

十年过去了，这个中午，和他们夫妇一起，她在丈夫面前还带着一点点俏皮。这让我想起当年她恋爱的样子，常常听她讲起她爱的那个男子。每晚在她父母家的老新村里，沿着唯一一条小路来来回回走啊走啊；她说她喜欢静静地听他讲话，海阔天空的。有的时候，两个人就想这一个晚上一直这样走下去就好了，有一直说也说不完的话。

她先生去埋单的时候，我说：你们还是那么要好，真好！她想了想，莞尔一笑，说：有一天儿子问我，妈妈，你是更爱我还是更爱爸爸？我回答，当然是更爱爸爸啦。儿子有些沮丧说：为什么啊？我说因为我要和爸爸过一辈子呐，而你很快地、很快地就会长大，到那个时候你就会有你自己的爱和生活啦！

我想，这是我最近以来听到过的最美好的情话。因为承认爱情，需要我们自己内心真的相信。

那个在你最美丽的时候遇上的男子，还在你身边吗？

祝福我的这对好友夫妇。祝福你们的人生一帆风顺，锦绣繁荣。

祝福爱情。

因为承认爱情，需要我们自己内心真的相信。

好的爱情　是清水遇到清水

有一阵子没这么早起，或者说是这么晚还没睡。加班的孩子们在一点、三点、五点分批归去。偌大的办公室里照明依次灭了，渐渐归静；窗外的屋脊倒浅浅深深在初秋晨光里显影，仿佛底片褪去混沌，还原写真的本来。

农历九月初的清晨，有透明的寒冷，薄如蝉翼却若游丝附体，冻住最浅表的呼吸。心里与身外一瞬间的温差，让热气腾腾的困怠忽而冷静。

秋风如清水，我荡漾在空气里，摊开思想。

十几个小时前认识了一对夫妻。这对老夫少妻的结合曾在一众口耳间有过津津有味的传说，无外乎年少的妻子仰慕盛名中的丈夫，用天真的红颜烂漫开了一丛花白的发。

男人有谁会不愿意困于洛丽塔之惑，即使曾有过俄狄浦斯般的忧伤。毕竟海棠媚在蚀骨，糜烂下去也好过刻骨留下疮伤。

然而我终于遇到了这对夫妻，在传说都已经老掉了牙再嚼不动舌的多年以后。他们的恩爱鲜明得不容置疑，那似乎与身体、性别都可以无关的亲密，是一种不可能被隔膜的呼应。连背对背的时候，都会读到彼此的表情。

他们的爱像清水一样，什么都融得下，因为清水里什么都藏不住。

好的爱情就应该是清水遇到清水，无须借助什么互融的外力，就是一体的、不做作的。而水乳交融反倒匠气了，混淆了水的清，乳的白，彼此失了原味。

他们的爱像清水一样，什么都融得下，因为清水里什么都藏不住。

他们是一对爱人

我喜欢一切街角的小店，比如书店、咖啡馆或者一间茶餐厅。要一个拐角，大于90度的视野，落到地的窗，看不同的方向和人。我喜欢用文字素描。彳彳亍亍，形形色色的人。

今天我坐在一家街角的咖啡馆里，送别，我的一对邻居。并且在他们的背影中，我写下这段文字，就算是为他们作了一幅速写。

我住的这个辖区，在这座城市的工业园。这里密聚了异国他乡客，他们有一个优于“外来人口”的体面名字：新苏州人。他们在一扇门的推拉之间，擦肩，交换或不交换表情，照面。佛说：今生短短一照面，前世多少香火缘……他们来自不信佛的国度，他们的神不受香火。这一照面，大概没有太多东方的因果尘缘。

他们路过这个国家这座城市，客居假时，便走了。只有看风景的人把他们看成了故事。

我家楼下，这半年，住了一对东欧的男子。我并不确定他们的祖国，很多人物大概也无所谓出处。初初来时，我以为是父子。久了，便明白了，他们是一对爱人。

他们厨房的窗邻着我上楼必经的阳台通道，有时我经过他们的窗前，正逢二人烹饪时光，他们中的一个会挥起戴着袖套的手，或举一下锅铲，有时是摇一下手里的调料瓶说：你好！另一个一定守在一旁，微笑。

一起做饭的他们，会在晚餐后一起出门散步。起初只是并肩，后来，他们就大大方方牵手。

他们喜欢小区里的小孩子和大狗。凡是看到这两类活泼的生灵，他们总是会很快乐地去打交道。就像他们好奇广场上的老年木兰扇舞，和儿童直排轮滑。他们和他们很快就打成一片。

有一次遇见他们，是在小区便利店。他们中的一个买一袋料酒，然后很孩子气地咬住那个塑胶袋的一角，滋滋地吸饮。便利店的老板娘很讶异很张惶地想说明那酒的用途，却苦于语阻。两个男人会意地笑，各自淘气地去拥抱那个好心的老板娘，把老太太抱得欢乐得大窘。然后绯红了脸说：啊哟……外国赤佬就是这样疯！

我看到他们正装的一次，居然打了领结。年长的那个应该是佩了黄金的袖扣。那滴金子在他们牵着手间很郑重地闪亮。我想他们或是去赴一场婚宴么？是夜，莫斯科的芭蕾舞团在这座城市演一场胡桃夹子。

今天他们敲开我的门，送了我一块没有卖相但闻着很精心的烟熏肉。我们依然语言不通地微笑。年轻的那个，举起一张卡纸："美丽的邻居，我们要离开中国了。谢谢你做我的好朋友。我爱你！"然后有三排小字写了烟熏肉的三种吃法。

今天这座城市北风劲道。我祝这对爱人一路顺风！

蓝调的婚姻

和已婚人士谈起了婚姻这件事。

婚着或婚过的人，谈及婚姻，蓝调居多。说是蓝调，也是没错的。蓝调，本就是一种杂糅黑人劳工叹吁人生哀苦的短歌行和教堂礼拜时对人间天堂愿景般圣诵的韵律。

歌言志，这两极呼应的心声，也就像婚姻的钟摆，总是从喧嚣和抱怨的一端，划一道起承转合的弧线，又扬起在恬淡和慈悲的那一方向，反之亦然 —— 也可能是从教堂的钟声划向锅碗瓢盆的磕碰。

从蓝调开始，西方音乐从规矩的古典主义，越来越丰富地向着宣泄与表达自我情绪的即兴方法演变，有了 Rock and Roll 愤懑的不羁，有了 Swing 狡黠中摇摆，或是 Jazz 尽现即兴自由的魅惑 …… 婚姻如果从琴瑟和鸣中渐生出蓝调，随之大抵也就走向这些流行的方向 —— 愤懑中不羁、狡黠中摇摆，或是即兴自由的魅惑 ……

蓝，在中国，大概有它美丽的一面，所以用蓝调去形容，可能还不容易让人悲观。事实上，蓝调是骨子里透着忧伤的调子。所以可以推理，很多人的婚姻，其实是有一些忧伤的。

台湾那个著名的漫画家朱德庸，曾经在他的《双响炮》序言里，写过一篇非常好的婚姻漫谈。在过去上千年里，特别是在中国，大概是人都是要结婚的，绝没有“不结婚”这个“或然率”的存在。然而几千年过下来了，这个没有或然率的事儿，却成了现代人最大的迷惘。

这个迷惘来自于两个主要命题的失解。“把属于个人的问题大众化”和“把属于大众的现象个人化”。

世界上再也没有其他事比婚姻更属于个人的了。对现代人来说，婚姻现象不是社会统计学，我们每个人的婚姻状态也不仅仅是其中的一个数字。所以，不应该把属于个人的问题大众化。

婚姻只是两个人的选择，和周围的人如何决定、周边现象如何评价无关。同样，流行的人文现象中有独身主义、丁克现象，甚至是不婚生子，那也只是一种新兴趋势，并不影响每个人的追求。

总之，把大众心理当作了个人心理，将永远无法发现真正的自我需要。我的一些女朋友们，在她们各自的婚姻里过着防卫型的人生。防卫，是需要智慧的。于是她们的婚姻也因此而聪明起来，但是聪明人的婚姻却不一定快乐。

我不想要一种防卫的人生。在患得患失里唱着蓝调即兴的歌。

我不想像意大利队奢侈地用华丽阵容长时间驻扎在自己的半场，我想同巴西和阿根廷队那样，因为爱和快乐而精彩。

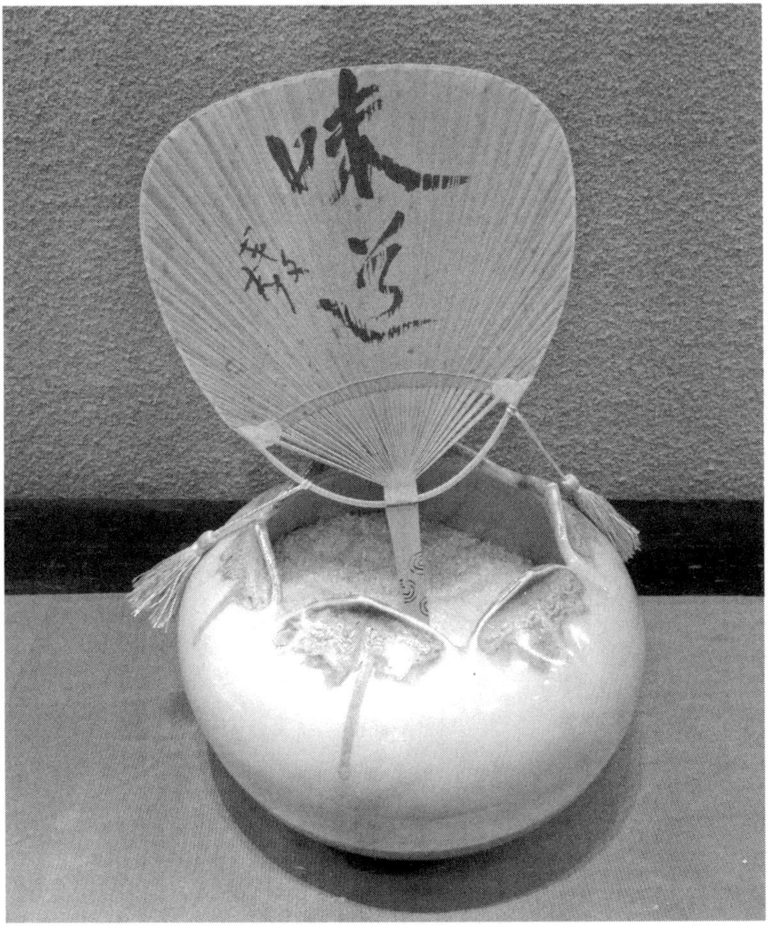

婚姻的钟摆，总是从喧嚣和抱怨的一端，划一道起承转合的弧线，又扬起在恬淡和慈悲的那一方向，反之亦然。

孤独的母兽

我并不是那样一个女人。要强的。

我并不想做这样一个女人。别人以为的。

我从没有想过要做一只孤独的母兽。独立顽强着。

记得曾经有一个深夜，我累得坐在办公室里连站起来的力气都没有。我哭着对远方的闺蜜蓉儿说，在这半夜里的我的城市，我居然不知道可以叫起谁来接我回家。

她很心疼，却在千里之外，不知如何是好。

和蓉儿认识已经超过15年了，分隔在两个城市倒有14年。见面的时候不多，也约了很多次一起旅行，但总是不能成行。15年来，我们在工作上碰到难题会互相探讨，惊异于对方的智慧和成长；碰到心里过不去的坎儿，想着还有对方可供投奔，心里也会踏实一点。

她后来写了一段文字给我。她说：很多年了，我们碰到问题常常会在夜里电话唠叨，互相分析一番、取笑一通，天亮后又信心满满去跟各色人等刀来剑往，觉得自己是 superwomen，我们是彼此的勇气和安慰。我们曾经对未来充满幻想，包括风生水起地大展宏图，从此过上理想的自由生活。以至于我们每去会见生命中重要的人或一个心仪的男人，一定要先去对方那里找勇气，否则就会有忐忑。我们就这样一边嘲笑着对方一边我行我素地重色轻友。只是我们知道，色，固然是重要的，但友却永远是知道所有秘密和由来的那个人。

然后她成家，做了一个可爱的胖男婴的母亲，却也开始了她日渐劳碌的生活。

在得知我病情的那个晚上，仍然是蓉儿第一个拨通我的电话说：来吧，来我这里。

我们都一样。

有时女人的坚强，不是因为爱情或实现理想。很实际，是生存的本能。我们展现的能干和一只孤独的母兽的智慧是本质相同的。

其实，一直以来我只是想做一个女孩。

在成长的一路上，永远有一张家里的饭桌，坐下，对面的父兄，很确定地为我安排好了关于成长、生活和工作等的一切。当然还可以 —— 对着他们哭，说我不会，而不是必须做到并且要做好一切。

然后做一个女人，看书，行走，写字，做一个男人的爱人，包括他的小孩子的母亲。

我知道我终将老去，没有人能阻止这件事的发展。从现在开始衰老下去，悄无声息地，然后大张旗鼓地。

也许兜兜转转，我们必须再累也要一个人回家。

最终也只能是孤独的母兽。

蓉儿告诉我，母兽比起人应该多一样智慧：她们不会因为年龄和经历自感身世。

学习她，让孤独用骄傲、睥睨的姿态存在。

我并不是那样一个女人。要强的。我并不想做这样一个女人。别人以为的。我从没有想过要做一只孤独的母兽。独立顽强。

第四章

一个人的天下　一个人的天涯

走进巷陌，就像走进一座古城的笔画里，行者就是笔势，走到哪里，古城向你敞开到哪里。走得越深，越入里，你便见到最坦白的真相。是青青子衿，还是出墙红杏；是金迷纸醉，还是龙盘虎踞；是灯火彼岸，还是风月千寻，都在——红尘紫陌里。

此身落在平江路（之文字）

我醉在初冬的一条老街上。

初初酩酊，有文字落在我的心手之间。

平江路，是这座城市的一条掌纹。

就好像人的身体上有些纹路是与生俱来，说明我们的来处；有些是慢慢在建。每座城市，总有一些街河桥巷，似乎是古已有之的。

你不用忘记，它就是记忆。

平江路，就是这样。

这是一条沿河的小路，路幅不宽，最逼仄处两辆相向而行的自行车交汇就怕要擦肩。路旁河，就叫平江。大概是先民引进江水，望自家枕河的窗下波澜不兴。

宋元的时候，连姑苏城都被唤作了平江。颇有玩味的，宋、元这两个朝代，一个是满朝文人兴国定邦，一个是草原武夫开疆辟壤；在文治武功下，这座城 —— 富庶的宁馨的城，都被叫了：平江。

从小就知道这座2500岁的城市，有块镇城之宝，是座碑刻，也是中国现存最古老最完整翔实的城市地图《平江图》。自宋以来，1000岁了。在那幅古早地图拓片的中央，就有这条"水陆并行，河街相邻"的平江路。

1000年了，平江路依然在原址保留了它河路并行的格局、肌理和长度，依然小桥，如旧流水，曾经粉墙，还是黛瓦。

1606米，也就三里路长。

古者，三百步为里，也就走九百步。九百步，你会经过一众横街窄巷，传芳巷、东花桥巷、曹胡徐巷、卫道观前、中张家港、大儒巷、萧家巷、钮家巷、悬桥巷……

巷，是苏州城最性感的公共空间。

我将它好有一比，就像是仕女衣襟上的布纽，拴住一衣带水的万种风情，底里便是烟火人间。

走进巷陌，就像走进一座古城的笔画里，行者就是笔势，走到哪里，古城向你敞开到哪里。走得越深，越入里，你便见到最坦白的真相。是青青子衿，还是出墙红杏；是金迷纸醉，还是龙盘虎踞；是灯火彼岸，还是风月千寻，都在 —— 红尘紫陌里。

粉墙黛瓦。四个字，便暴露全部行藏了。

只这四个字，就是身在江南；不，还可以再锁定一点，就在姑苏。

水乡民居在单体上以木构一二层厅堂式的住宅为多，住宅布局多穿堂、天井、院落。构造为瓦顶、空斗墙、观音兜山脊或马头墙，形成高低错落、庭院深邃的建筑群体风貌。

粉墙黛瓦，是时光在这里的起笔与收梢。黑瓦，经年洗涤过后，是深深浅浅的灰。灰度，是我喜欢的一个概念。在设计里，灰度色 —— 是指纯白与纯黑之间渐失其白，暗度成黑的过度色。黑白在玩暧昧，但成了灰。暧昧，是一种醉。醉，是一种浑然：不分皂白。

白夜。有酒，温一壶，清欢。

清欢，就如同看一场簌簌小雨，如雾如露，扑满一面黛瓦之上。

灰在水色里愈显黝黑。夜光如豆，滚动着滚动着亮晶晶的水色。看屋脊的瓦楞沿儿收了那天落下的点点滴滴，尔后断断续续，终成一线线涓涓地到了瓦当檐口，然后，有趣的，又回到点点、滴滴。

在江南，秋相冬色都在爬山虎的枝蔓上，原形毕露着。

秋、冬，在北国是诗人，或山舞银蛇，原驰蜡象，或怅莽寥阔，或惟余莽莽；到了吴地，他们便是丹青子了。皆无言语，只是调了色，丹彤、赫赤、檀绛、缃橙，即便是“黄”，也必分个鹅黄、鸭黄、姜黄、橙黄。如我此刻，酒上脸儿，也可调作一色，曰：酡颜。

秋与冬在雨夜交杯，于是映红了三角枫的素颜。

粉墙黛瓦，一定是旧了好看。这大概就像熟女总比淑女要有岁月的风情吧。人生有度，风月无边。

我曾经给一组江南主题摄影题过八个字：时光容易，岁月默迹。容易，是个很耐玩味的词儿。对于时光来说易了容颜，其实容易。至于岁月，他用黑用白，或是用暧昧的灰，他的墨迹，最是与一颗渐渐懂事的心生得默契。

有时候，默默的，默默的，你断了一切音响，便听到心动的声音。最是动听。

越过粉墙，栖身于黛瓦之下，便是一座家园。

一墙之隔，外面是市井街衢，契阔谈宴，里边是稚子红颜，咸淡羹汤；外面是长安道，江湖上，里边是美人靠，温柔乡；外面是衣带渐宽终不悔，里边是为伊消得人憔悴……

在外面和里边之间，苏州这座曾经有过一百七十座园林的城市，收藏了中国人大半部隐逸的流光。

陶渊明“结庐在人境，而无车马喧”的桃花源，就是姑苏城深巷里含露相宜的宅院。昆曲的水磨腔如风行过勾栏，评弹的欸乃一声悠扬于里巷。

多少王朝仓皇北顾的背影，成为这里开阖的一扇听雨的蕉窗。

窗前谁种芭蕉树，荫满中庭。荫满中庭，

叶叶心心，舒卷有余情。

芭蕉，苏州人家窗前的风景。

阔大挺拔的叶子，身姿倒也是伟岸的。

绿得单纯，从没有姹紫嫣红。

纯真是美德，就像芭蕉是一棵中国诗词里的意象，他负责听雨，然后以叶为喉，清唱。他负责心事，将天上的水顺势成泪，滚落成汩汩心事。

记得当年《苏园六记》里有佳句云：对于姑苏人家的子弟，芭蕉，或可就是童年时竹马青梅遮荫的玩伴，或可就是少年里寒窗苦读时每每抬眼时那帘外长相守的倩影，或可就是游徙他乡异域时展开在心深处抬望眼的一叶叶家书，或可就是归隐故里推窗可及的最坚守信仰的知音。多少当年的园主人，将手中一方官印换作几枚闲章时，也将内心多少齐天下的仕途风雨换成了蕉窗听雨的翦翦心情。

江上舟摇，楼上帘招。

你取哪一面，你取哪一边？

枕河的后窗下，一桨下去，弄皱了的水纹，是光阴如歌的行板，在这里默写季节的足迹；写进江南潋滟的段落，最后成像的不过是安静的一杯酒、一盏灯、一卷书、一佳人的缠绵香火。

流光容易把人抛，即使梨花海棠，也不过红了樱桃，绿了芭蕉。

江南，在水岸边。

此地多雨，粉黛间，岁月墨迹向来未干，轻放，你路过此地，小心，轻放。

走进巷陌，就像走进一座古城的笔画里，行者就是笔势，走到哪里，古城向你敞开到哪里。走得越深，越入里，你便见到最坦白的真相。是青青子衿，还是出墙红杏；是金迷纸醉，还是龙盘虎踞；是灯火彼岸，还是风月千寻，都在——红尘紫陌里。

此身落在平江路（之风景）

喜欢。这条老街。

用三种方式铺我们可以行走的途径。

没有沥青。没有柏油。

没有水泥的泥。可以呼吸。

【苏州。平江路】

喜欢。飞檐下。

落下。“彼岸”的招摇。

和那些此岸上。向上的藤蔓。

【平江路。彼岸咖啡】

喜欢。一面老墙。

时光容易。岁月默迹。

喜欢那门前的斜插一枝。

多少　妖娆得意。

【平江路。明堂咖啡】

Cafe

喜欢。秋天在这样一扇花窗的 眼前　凋谢。

我想。秋叶在秋波般窗的眼前谢了。

一定无憾。

心事。了无痕。

【平江路。礼耕堂】

喜欢。芭蕉

在蟹眼天井里凿壁偷光。

守望。

【平江路。礼耕堂】

秋色满园。

却在小雪时节的前夜。

【平江路。礼耕堂】

喜欢。黄了的树梢儿

仍努力要探向对岸。枕河人家。

有故事的窗子。

【平江路。弄堂口对岸】

一个人的天下　一个人的天涯：致丽江

(一)天亮出发

在雨霾邋遢里过完丙戌腊月的最末几日，阳光就此晒开了丁亥新年的几朵湿云。

天亮了，出发。

说起一个人出发，我也是赶了晚集。就在2007年将来的前一天，我的死党蓉儿突然在天亮的新一天里开拔。她选择一个人去阳朔过元旦。我回过神来，她已在经蜀入桂的途中。我发短信她，怪她又抢我计划先。我的春节背包独行，因为她如此这般一走，又难免背个学样的黑锅。她把我的话当补药，一个人在漓江边冒泡。

在她之前，我北京一哥们儿，在国庆长假最后一天也突发壮举。据说那天清晨别无他样，似乎天亮得早，也醒得早。他在小区晨跑，跑过车库，就开上大吉普上了路。一开始是想奔自己公司的方向，可不知为什么看着

Restaurant & Bar
Pizza & Salad
云贵川特色菜
粤菜、上海菜
纳西特色菜
烤猪每份38元
Special The Bar

今天，我出发，去彩云之南。

北京城难得流畅的大路，他突然就窜上京石高速。—— 是夜，到了西安。

在西安，这个身上只剩下二百多元的"穷光蛋"找到了大学睡在上铺的兄弟。两人喝了一宿酒，说了毕业近二十年来再没说过的掏心掏肺的话。嬉笑怒骂，撕扯扭打，同学家妻儿三更半夜被闹醒，他们俩却应声醉倒。天蒙蒙亮醒来，两个三十大几的男人，在尘土飞扬的马路上赛跑，跑到气喘断肠，跪倒在那面沉闷的古城墙下。他去了无数次路过从没动心进去的大雁塔。他同学正研究玄奘，在清晨寥无人迹的禅堂和他讲那个一千几百年前那个芒鞋竹杖只身去了西天的青年和尚。他们抽完了身边所有的烟。坐在塔下发呆，好像又回到沉默的中年人的模样。

他问同学借钱，同学问他是不是回北京。他想了想说：我想再往西。陕北汉子没说什么，掏出银行卡就奔银行，把卡里四万几千元钱全取出来。他坐在车里，看着同学怀抱着一纸兜钱从储蓄所出来，在街那边。因为天光大亮，突然发现那个赤条着在水房里高歌信天游的少年，已经是一个微微有些发福和谢顶的老男人了。他从倒车镜里看自己，也是满面沧桑。他突然伏着方向盘恸哭起来。同学急急从街那边奔过来，从车窗外探身进来，抚他的后背，抚了两三下，就扑倒在他背上大哭。我朋友说，他们俩好像都说不明白为什么会如此沉痛，又好像心若洞明。

那天作别长安，他只身独乘出了潼关。

天亮的放任，原只是一夜远行。不料大雁塔风铃的梵音却摇撼了他全部心事。西去 —— 偷得浮生半日闲的终点成了一段漫长孤旅的中转。在之后的近四十天里，我的这位朋友独闯西域，越野新藏，几经危险与恐怖，却也能逢凶化吉，屡屡获援。

在过去几年商海跌宕中，他总是低潮，人也颓废了些。这次远行归来，似乎平淡许多。

也许每个人都应该有一个天亮，是用来出发的。

今天，我出发，去彩云之南。

（二）夜入束河

可能是功课做得不足，没想到从苏州出发到丽江，行程漫长；从出家门到入住客栈，一共花了11个小时，其中空中飞行近5小时。

旅程疲惫，还因为飞行器极小，波音757。满载，连头等舱都没空座。东航的飞行拖沓而颠簸，让人生怨。途中小插曲是，在虹桥机场撞见电台老同事一家三口，在昆明转机又遇到电视台两家人。大家甫一见面倒有三分尴尬，这种心情大概像明星出镜时撞衫，本来很精心的出行运筹因一份相同，当场就变为散漫。大抵都是这样的心情，所以一出丽江机场，我们这三路熟人四下生分了。

大概丽江应该是一座应该属于自己的城市。

晚上8点，我的双脚终于踏到了丽江市区的大路上。机场大巴停在市中心香格里大道，放眼望去各种建筑风格的酒店鳞次栉比，密度之高确实少见。联想到拉斯维加斯的赌场，一幢幢大房子里装进去的都是真金白银，是这个城市的衣食父母。在大巴场外被出租车拒载，说这么晚可去不了束河，惊得我一时怀疑那里是什么穷乡僻壤。只好给客栈打电话，接线女生极亲切周到，一句十分钟就来车接，让我顿感心安。几个小孩子在我身边放起简易的烟火，噼噼啪啪，蹿出去裂开稀落的几朵的那种，但硝烟的味道还是带来几分中国年的亲切。

果然不一会儿，一辆奥兰德就停在路边。司机壮壮的，一口京片子，很殷勤。我向他投诉了一下丽江的出租车，他倒很友善，说因为是过年，丽江人觉得第一件事就应该是歇着；即使做事要看顺不顺手，开车自然要看顺不顺路。其实束河离市区不远，主要我打车的位置有点绕。这位北京司机姓马，身份应该是我入住客栈的管理层，我先问他为什么来丽江。他说在城市待久了，想下来接接地气。在他口里，束河绝对好过人们奔丽江去首选的大研古城。我当时还没做足功课，再加上北京人开口，基本也只有听的分儿。见我不吱声，马哥便回问我为什么来丽江。我想想说，来发呆吧。他很认真地扭头看了我一眼，然后非常郑重地说：那你一定不会后悔住在束河。口气听着不怎么像广告。

马哥告诉我，束河古镇其实成为纳西族人聚居地的时间比大研还略早。早先茶马古道直接穿束河而过，马帮文化深刻影响了这个小镇，曾是以货易货的重要商埠。随着茶马古道的衰落，居住人口的发展，逐渐东南迁徙去了大研，并在那里形成了丽江古城。但到现在丽江人说去束河，还会说“上去”，而束河人去古城也会说是“下去”。这大概也不仅仅是朝向和地势的缘故。

久居城市，夜色下只是灯影霓虹，我们的头顶是没有星空的。而此刻，童年盛夏的银河却在这清寒的空气里久别重逢。北斗七星澄明清晰地罗列其中，它们如此冷静，我却张皇失措。刹那，只觉天穹如顶，我是一粒多么渺小的生命。

由于旅游开发早，大研已经商业化过度。这几年束河和更北些的白沙慢慢集客。因为有大研良莠经验在先，束河古镇的整体规划相对成熟，保存风貌完好。而最值得推荐的，是这里的宁静。

束河确实不远，和马哥也就说了十分钟的话，车就停到了客栈。四周一片寂静，放眼望去是群山如黛的背脊。我下车埋着头往客栈里闯，被马哥一把拉住，他伸出食指朝上指了指，我顺势抬头——

星汉灿烂！

久居城市，夜色下只是灯影霓虹，我们的头顶是没有星空的。而此刻，童年盛夏的银河却在这清寒的空气里久别重逢。北斗七星澄明清晰地罗列其中，它们如此冷静，我却张皇失措。刹那，只觉天穹如顶，我是一粒多么渺小的生命。

这辽阔蓬勃而晴朗的星空，是束河送给我的盛大见面礼。

我努力了很久，也没有办法用我的相机拍下我所见到的星汉如许，只能把这片夜空留在我的心里了。

（三）艳遇雪山

在丽江的第一个清晨是在浑噩的头痛中醒来的，整个人像晕车一样难以清醒。难道是高原反应？可丽江海拔3000米都不到！我肿胀着检讨自己的体质。

雪山山顶是莹白的，与云岚妖娆成一片。那里必是云的生地，雪山是云的父亲。山顶一侧是褪去雪线的山脊，露出健美的青黛色，层峦迭嶂。他们并不骄傲，没有杀气。只是那么英俊着，用美征服人心。

一个人的时候其实最怕是生病，何况只身异乡，不免生出些呼天难应的怨艾。短信给朋友，都推荐藏药红景天；挣扎半天，只能强撑起来出客栈去找。

推开客栈的大门 —— 明媚得奢侈的阳光，铺天盖地。

我抬起头，雪山！玉龙雪山。

他。

竟然是如此英俊。

是的。像一个迷人的男子，赤裸地袒裎在这成色上等的阳光里。那一刹那，我热烈地爱上了他。就是爱情。

我久久站在客栈门前的高阶上，仰望他，一往情深。我想我大概能够明白那些登山者的心情，那种征服也饱含情欲。爱得如此深沉，所以忘我。

雪山山顶是莹白的，与云岚妖娆成一片。那里必是云的生地，雪山是云的父亲。山顶一侧是褪去雪线的山脊，露出健美的青黛色，层峦迭嶂。他们并不骄傲，没有杀气。只是那么英俊着，用美征服人心。

想起了以前读过的报告文学，关于20世纪初英国著名登山家乔治 · 马洛里的人生。他成功登顶世界各大洲最高峰，在又一次攀登珠穆朗玛峰时遇难，骨肉也与山合为一体。他平素与妻子感情笃深，斯人逝去，骨骸未回，妻子悲恸欲绝。但当传记作者问她，如果人生可以再来一次，是否还会许他去登山时，妻子却不假思索地回答:会。作者非常惊讶，问她原因。她满眼热泪望向远方，说：因为，山在那里。这六个字，让我身心震撼；之后屡屡讲述给朋友听，直到今天，我潸然泪下 —— 因为，山在那里。

山，在那里，他遥远得一定看不到我的泪水。

但是山，就在那里，他如此鲜明，让我倾心。

在阳光磊落的古城，我与雪山艳遇。

（本文写于丽江大研蓝鸟咖啡，谢谢老板娘的特调奶茶）

（四）那些花儿

此刻，23：30。

长得有些像杨二车娜姆的 Susu 唱起了歌。在此之前，我只觉得她像朵招摇的橘色大丽菊，鲜橙而香艳；然而她的歌声那么清冽而冷静，打动人心。歌，是我再熟悉不过的。

姜昕的《我不是随便的花朵》——

已经决定好了 / 做个做梦的人
一个不切实际的人

就算青丝变成了白雪 / 皱纹也渐渐爬上曾经光滑的脸庞
就算心里的梦永远不能实现
希望我是特别的 / 拥有神奇的力量
因为在很久以前 / 有种不能忘记的声音
它将我唤醒 / 带领我穿越现实的迷雾
在那里我才找到 / 真正的自己
于是我知道自己不是随便的花朵
只为梦幻的声音而绽放
虽然一切就像流水奔腾不复返
那些声音不会枯萎
感谢音乐能让我发现 / 一个更加完美的世界
所以决定好了 / 做个做梦的人
希望我是特别的 / 不随着时间放弃
那些在我的心里曾显得更加重要的声音
让我的梦想 / 带领我穿越现实的迷雾
在那里继续自己想要的生活

在丽江的这一夜，和相遇艳阳下（算艳遇吗？哈哈）的新朋友们在束河四方街的客栈里聚会。聊天、算命、角色扮演玩心理剧，一时间举座都是命理星相大师，直算得从喧嚣到沉默。男人们点起烟来，女人们开始重怀心事 —— 然后，Susu 突然唱起歌。

这首歌，是我此行丽江这一路，在 iPod 里设置为［反复重播］，就像是这次旅程的主题歌。当 Susu 唱起的那一刻，我心动 —— 想，这一次便是片尾曲了。在天亮的时候，我将和丽江以及她所有的一切，说再见。

在木王府玉花园里，遇见一枝春梅。她轻薄而顽强地做木桩般枝头昂扬的一丛。我看到她们的时候，不由自主地想起那句歌词："…… 希望我是特别的，不随着时间放弃 ……"

一路上看丽江的花朵，无名的花朵，在大研古镇狮子山半山腰一家叫［两只猫］的咖啡馆阳台上，一盆盆太阳花，她懒洋洋地看着无比铺张的阳光下晾晒的古城。我很嫉妒她盛开的生命，就是用来晒太阳的。在束河老镇四方街下沿口［彼岸 · 花］酒吧，凭栏处放一盆水仙，她的幸福是抬头就可以看见那么澄明的蓝天。如果我是她们，我一定会单恋上那一方湛蓝到芬芳的天空，用一整个花季来婷婷守望。

在木王府玉花园里遇见一枝春梅，她轻薄而顽强地做木桩般拔头昂扬的一丛，我看到她们的时候，不由自主地想起那句歌词："…… 希望我是特别的，不随着时间放弃 ……"在傍晚7点的时候，她仍然享有丽江明亮的黄昏，并且可以用这样的盛开来欢迎我们这些即将离开丽江的匆匆行者。

花是主人，谁是过客？我回头看这一株花朵的时候；她们，正齐齐看向 —— 丽江那么华丽的晴朗。

（匆匆贴图于丽江束河［粗茶淡饭］客栈）

（五）柔软时光

去丽江，带了一本书，亨利 · 梭罗的《瓦尔登湖》，作家出版社1998年版，王光林译，不是徐迟先生的经典版本；书名也被改成《湖滨散记》，使它更纯粹地像本散文集子，尽管梭罗这部作品的意义绝不仅于文字。

书，是十年来反复读过的。只是觉得这次在丽江重读，更合适不过。

梭罗在马萨诸塞州康科德镇的瓦尔登湖滨发了两年零两个月的呆，我只有四天。

这条束河的石板路，宁静而安逸。在丽江，这样清静的小巷已经越来越少，它们常常让我想起童年的苏州，只是苏州早丽江20年就已经没有了这样的石板小街。

而梭罗在1845年就开始惆怅，那是美国城市化进程和工业文明迅猛发展的时代。新的建筑、新的交通、新的生活秩序和随之而来的新的社会阶层，欣欣向荣；欧洲的移民们纷至踏向北美新大陆，寻找更美好的生活。而梭罗要的，只是一面湖水和它分明的四季。

在26个月的湖畔生活期间，梭罗是个思想者。他用他的文字思考。人生的目的与达到目的的方式之间，应该是什么关系？梭罗以巨蟹座男人的敏感，忧虑大多数人在拼命追求各种生活方式中，失去了生活的真正目的。160年前，他向未来的文明发问：如果一个人的时间与精力都用于生存，那么留给生活本身的又是什么？

因为这样的思考，他被认为是美国文学界思想界的波希米亚派先驱。就像那首古老的吉普赛歌谣："……时间是用来流浪的，生命是用来遗忘的……"波希米亚人就是吉普赛人。

在梅里美笔下，他们是热烈嘹亮的卡门；在雨果《巴黎圣母院》里，他们是善良明媚的艾斯梅拉达。他们纵有苦难也执著无悔，是最典型的波希米亚性格，也衍生出追求自我、实现心灵满足的生活态度。

而当下，波希米亚是一种流行款式，被亮片、流苏、散发、魅影解构。就像流浪已经变成一种观光；山水间，没有思想者，没有人像梭罗那样问：一个好的生活可以有哪些生活方式？

在丽江，得到这样一个答案（那是坊间流传最广的故事），说有个外国记者早年来古镇拍摄，十几天下来，见这里的人都极悠闲，走路很慢，终日只见很多人坐在四方街上晒太阳，什么都不做。她忍不住问一个老太太：你们整天这样，不觉得是在浪费时间吗？老太太反问她：你忙忙碌碌活八十，我晒晒太阳也活八十。你为什么那么着急去赶死呢？

在丽江的古城里，石踏板下总有清清的河水，生动地流过。无论是否有人倾听，它们仍悦耳歌唱，像瓦尔登湖的水声一样。

在丽江大研古镇四方街头一处并不算起眼的过道，我随便按下了快门，是因为这石板上特别的印辙。后来走近一看，发现竟然是茶马古道的示意图，上面还形象地嵌进几枚马掌。

当年达达的马蹄匆匆行过，马帮的辛劳也是讨一种好的生活。

今天，一个袅袅婷婷的女子踩着高跟鞋从这片石板路上踏过，停在这张茶马古道地图的终点。门外，是丽江一片柔软的时光。

其间行者，都是过客……

后来走近一看，发现竟然是茶马古道的示意图，上面还形象地嵌进几枚马掌。

（六）有个女孩

李逸杭，Ray，是个清秀玲珑的女孩儿。她在七一街八一下段笨熊客栈那眼小小天井，生起一盆炭火；盘起的黑发，斜插着一根银质的发簪。她在棉褛的怀抱里显得娇小却温暖，当她微笑起来的时候，像花朵施施然绽放。

在决定去丽江之前，我新结识了个豆瓣：叶儿。在她的博客链接里，我了解到了［多背1公斤］组织。那是民间自发的公益行动，鼓励人们在每次远游的时候，主动了解一些目的地扶贫助学情况，然后在行囊里少带1件衣服，多背1公斤书本文具。我觉得很有意思，就和叶儿说，我会多背“1公斤”去丽江。

我在书架里找了一些少年时代的童话和寓言，买了50本作业簿和50支铅笔，想象着那也许可以给一个班级的小朋友们新年的快乐。叶儿给了我一个电话号码，让我去找一个叫Ray的女生。于是在到大研的那个早晨，我拨通了她的号码。

那一刻，我并不知道电话那头是长着好看相貌的女孩子；不知道她就是曾经被媒体称为“中国第一个被辞退的志愿者”；也不知道她就是2005年底各大门户网站重磅新闻“白马雪山大众慈善学校志愿者‘反水’事件”的主角。

150天。她在那所坐落在滇西北白马雪山腹地慈善学校的志愿支教。在海拔3400多米雪山上，她是少数民族子弟的英语、自然和语文老师。这个出生在珠海，求学于广州，会一口流利英语的都市白领，在支教的5个

下了雪山的李逸杭最终无法平静地回归珠海广州繁华的都市生活，她选择重回丽江——为的是离孩子们更近些，下乡更方便一点。

月里，每天吃的是劣质大米和一成不变的土豆、玉米、泡菜，一个月都难见鲜肉；洗澡至少要到32公里外，甚至是相距70公里的德钦县。不能上网，几乎无法通讯，入夜甚至连灯泡都忽明忽暗。但她是惹人喜爱的老师，以至8岁的藏族男生会在课堂上突然站起来，对她说：我爱你。如果不是有深沉的理想主义，这个都市女孩怎能坚持下如此清苦的志愿。

然而随着工作的深入，她率先对校长觊觎善款提出疑问。在雪山上支教，除了吃住免费，志愿者所有的开支都是自己承担的。有时校长会从捐款里拿出几十甚至上百元塞给志愿者零用。李逸杭认为这是对志愿者的小恩小惠，而且是挪用善款，每次都予以拒绝。她也是志愿者中唯一不拿这种钱的人。"正义、善良、耿直，不懂人情世故，不会圆滑变通，理想主义浓郁"，是其他志愿者对李逸杭一致的评价。

随着学校账本上暴露的问题逐渐明显，志愿者的天真也变得愈加脆弱。李逸杭选择坚持理想主义的方式是，尽可能劝说捐赠者捐赠书本等实用学习用品，而不是现金。2005年9月12日，这个25岁的年轻女孩几乎被暴力威胁着赶离了学校。她的行李、财物甚至书本全部不知所踪。她身无分文地离开雪山。

白马雪山是中国最为贫困的地区之一。近两年这里才实施中小学"两免一补"：免书费、杂费，补助生活费。即使这样，还是有贫困孩子上不起学。这种情况下，海内外慈善捐款络绎而来，李逸杭觉得身为志愿者，应该代表捐赠人对学校进行监督，而不是只满足做一个支教老师，但当校方拒绝这种监督并有恃无恐时，志愿者应该把真相说出来，以不辜负社会爱心。
下了雪山的李逸杭最终无法平静地回归珠海广州繁华的都市生活，她选

择重回丽江 —— 为的是离孩子们更近些，下乡更方便一点。为了解决生活和捐助经费，她和另一位在慈善学校工作过的云南籍志愿者，合开了那家名叫笨熊的客栈，并成立了“雪山雏鹰助学机构”，藉于上次的经验，他们只做一对一助学，特别是帮助山区的女孩子们。她和志愿者伙伴几乎每个月要从丽江出发，辗转去山区少数民族聚居地看望捐助的学生，甚至徒步翻山越岭做一对一的家访。

当我和李逸杭坐在天井的炭火前，这个80年代的美丽女孩素颜微笑。她说要代孩子们谢谢我带去书本，这让我羞愧难当。我觉得自己不过是把公益当作旅行里的一节游戏，与她的执著相比，我甚至没有把助人真正当作内心的快乐。

感谢丽江，让我认识了这个美丽的女孩。祝福逸杭！

（七）萍水张望

我是一个喜欢张望的人，即使有同伴同行，我也时常喜欢一个人走开，静静地东张西望。相对于我的耳朵，我的心更喜欢我的眼睛。

在旅途中，有时候带上一双眼睛就足够了。在束河古镇的镇口，有一面高耸而孤独的风火墙。那天仰望长空，突然发现那一垛墙。墙上有窗如眼，也在望天；大研古镇的“柔软时光”客栈，完全是一个把游客当成风景的客栈，一路走过的走道里贴满了住客的照片，无数人像我一样匆匆来去。东巴纸坊门口的留言板，很多人用古老的纸页留下新的心情。
有人说丽江是最容易艳遇的一座城市。艳遇这个词暧昧，邂逅一些相同气质的人倒是真的。在丽江几日，同道中人真的就是一个个“碰”到，在石条凳的左手边，在爬上山腰的一幢民宅里开门而出，从找不到零钱的尴尬时分，或者就是在张望的时候。突然，就会有一双眼睛、一张面孔、一双手、一个人……新认识一个恰似旧相识。如果说艳遇，这就是萍水艳遇，精彩生动。

旅行结束的时候，一个朋友说他真的决定重回丽江开客栈，让自己的内心归于安宁。那天我们坐在冬天的束河边。河水很浅，路很静。我坐在这群在一路萍水艳遇的伙伴中，靠窗，时不时走神，向外张望。那些河边小路，让我想起小时候家门前也有这样一条小河，对岸也有这样的石子路。在我很小很小的时候，苏州的水尚清，隔壁家的小哥哥会在夏天跳下去游泳，然后对岸上惊羡的小小的我说，他这就要游向海洋。

那个游泳的小哥哥真的在经年后，过了太平洋。

朋友们看我出神，问我在想什么。我说，有天下午，我逛到木王府护法殿。很多人来此一游在拍合影。我出于礼貌地避让，就闪身到了一只护殿石兽的项背后。

那一刻，我体会到一只石兽的视野——

丽江是岸，红尘若水，韶光川流，有人要在这里泊船。丽江是风，落叶在这里稍歇，缓过气来，又被鼓动飞扬。

那一刻我想，我一定会在未来某一天回到这里。只是想知道那时候它们

那一刻，我体会到一只石兽的视野 —— 丽江是岸，红尘若水，韶光川流，有人要在这里泊船。丽江是风，落叶在这里稍歇，缓过气来，又被鼓动飞扬。

是不是还会是今天这样。

（八）衣锦夜行

本来这篇的标题，我想用“千里单骑”，呼应“一个人的天下　一个人的天涯”，也用来相送丽江一面之交的劲草大哥，他已决意归于彩云之南，我只能隔着万仞千丈的红尘，望向他绝尘而去的背影。

劲草大哥，留给我的面目是模糊的。那晚他和他那伙北京朋友来时，便带着七分酒气；三巡过后，已经大醉。大家玩心理游戏的时候，他红着眼瞪在一旁，一语不发；直到——娟子的那一小节。

当时的游戏叫：称称心情有多重。

游戏主角要说出自己当前最沉重的心事，然后其他参与者上来给他施压；比如用力按他的肩、用力拽他的四肢、用力拧他的皮肤等，直到主角叫停。大家便可以很直观地明白，那份心理沉重可以换算成怎样的分量。轮到娟子，她说最沉重的心情是孤独。我们说不具体，要她给出原因或理由。她想了会儿，说，偌大一个北京城，满城都盛不下她的孤独感，仍然要满溢。大家沉默。

然后丁子率先上去，用力按住她的双肩向下压；娟子整个人从小凳子滑坐到地上。她说：还不足够重。于是苏苏上去抱住丁子，两个人一起往下压；然后 Dami 上去，吕秀才上去，宿醉上去，Celine 上去……娟子整个像做仰卧起坐似的，被压到上半身整个儿对折到抻直了的下半身；脸完全深埋下去深埋下去，她疼痛到带着哭腔，但仍然闷闷而坚决地喊着：还不够重！还不够重！还不足够重……孤独可以有五百斤重吗?！还会更重吗？！原来我们还可以承受着吗?！

大伙儿都有些犹豫地看向我，我正踟蹰是否上前；突然劲草大哥猛冲上来，一把从人堆里把娟子扯出来，说：知道啦知道啦知道啦！我们知道那是很重很重很重的啊！丫头啊！

不知为何，这一句丫头，竟叫得撕心裂肺的。所有人都热泪迸裂，娟子和苏苏两个看似妖娆而快活的女子，相拥痛哭。之后劲草大哥，更有一番且歌且诉的讲演；他的样子全然是醉态，但没有人觉得可笑。到最后，他带着几分曲调高声吟诵起来："吾衰矣，须富贵何时？富贵是危机。暂忘设醴抽身去，未曾得米弃官归。穆先生，陶县令，是吾师。待葺个园儿名佚老。更作个亭儿名亦好。闲饮酒，醉吟诗。千年田换八百主，一人口插几张匙？休休休，更说甚，是和非！"我不及细思量，听语气是稼轩长短句，后来查了一下，果然是辛翁的《最高楼》，最是去意阑珊的一首。

也难怪那夜，这个长相草莽的老大哥说了一宿不愿回家的孩子话。

天色微蓝的时候，我要赶飞机，还醒着的一两个执意送我。刚到门口，劲草大哥不知怎么醒了，追出来给了个拥抱，我也抱了抱他。那一刻感觉这个陌生的中年汉子在清寒的空气里是脆弱单薄，就像路旁冰凉的老木电线杆，孤独而了无生气。

听说他一回北京，就辞了职；说要回云南去开一家客栈。也许不在丽江不在東河，只是倚山傍水的某一处。我听到这消息的时候，仍然想不起他完整的样子；但我记得暗色里，他背起那阕古词时呜咽的声音。

休休休，更说甚，是和非！

回来苏州，豆瓣小友小烟问我：一个人旅行好吗？

我觉得，还是好的。至少自由，心里安静。

可以用一个词来形容吗？我想，那也许是：衣锦夜行。

衣锦夜行，是我喜欢的一个成语，出自《史记·项羽本纪》。当西楚霸王杀进被他焚之一炬的咸阳宫时，见到焦土之上颓垣残壁，不由大发感喟："富贵不归乡，如衣锦夜行，谁知之者。"这话一出，便成全了嘲笑项羽好大喜功图招摇的话柄。

我并不这么看。

项羽是个高情商的男人，当得算是硬骨柔肠的性情中人；这一刻的感慨，情属由衷，甚至是诚恳的。—— 对一个少年英雄而言，风光权贵如果不被江东父老看到，连年生死沙场的意义何在？不就跟穿得衣色光鲜却摸黑走夜路一样白白浪费了吗？

项羽那一刻的猖狂，带着血性男儿的体温，是可以体会得到的。猖狂，一个英雄，猖狂一下又何妨！

所以“衣锦夜行”这个词，与生俱来，就是有骄傲的。

——当下，夜行的意义不同了；这个词也被延伸用来形容夜色魅影，花颜云鬓，和当年的血气方刚比，现在多了寻快活的香水味和酒精度，也是可以体会得到。——取四分原意里的骄蛮，再用它六分引申义里的快活；在孤独用城池都无法盛下的都市时代，我喜欢这个词。

衣著光鲜的独自夜行，是一种很上等的心情——在自在处自在。

在丽江，那些安静的酒吧，常常会听到一首歌《Journey》。这首歌被张韶涵翻唱得很出名，其实原作者 Corrinne May 唱得更动听。就在离开丽江的前夜，在我们的聚会上，客栈酒吧里的歌者，也曾唱起这首蓝调的歌，后来生动的苏苏也唱得生动。

回来这几日一直听着这首歌。今晚在雨果，我也打开 iTune 放给豆瓣们。我说它是行者的歌。Journey，旅程。一段旅程该走多久，我们去找什么？我们在等什么？是时间吗？时间是不是我们旅程的伴侣、终点，还是旅程的本身呢？

It's a long long journey till i know where i'm supposed to be.

这将会是一段长长的旅程，直到我能够找到自己的归宿；

It's a long long journey, I don't know if I can believe.

这将会是一段长长的旅程，或许方向连我也无法说明。

When shadows fall and block my eyes, I am lost and know that i must hide.

暮色带来阴影，我也许会迷失自己。

It's a long long journey till I find my way home to you.

我知道这将会是一段长长的旅程，直到遇见了你。

Many days I've spent, drifting on through empty shores.

我用了太多时光等待。

Wondering what's my purpose, wondering how to make me strong.

彷徨归宿与信仰，彷徨如何能够变得坚强。

I know I will falter,I know i will cry,I know you'll be standing by my side.

我知道我会胆怯，我知道我会哭泣，就像我知道你就在我身旁，

It's a long long journey and I need to be close to you.

所以这一段长长的旅程啊，我只希望有你相依。

Sometimes it feels no one understands.

有时我会不知所云，

I don't even know why I do the things I do.

有时我会不知所措。

When pride builds me up till I can't see my soul.

有时我会不知所以，

Will you break down these walls and pull me through.

是你，冲破层层阻碍，使我脱离困境。

Cause it's a long long journey till I feel that I am worth the price.

在这一段长长的旅程里，让我知道了自己存在的意义。

You paid for me on calvary beneath those stormy skies.

你总在最危难的时候助我一臂之力，

When satan mocks and friends turn to foes.

永远不离不弃。

It feel like everything is out to make me lose control.

即使一切重头，

Coze it's a long long journey till I find my way home to you...to you.

我仍有这一段长长的旅程，可以让我遇见生命中的你。

（外一篇）

在[彼岸·花]酒吧，长相有几分羞涩的纳西族少年，唱给我听了《无名的行者》，留在丽江的歌。

如果我老了，不能做爱了，你还会爱我吗？
如果我老了，不会过马路了，你会牵着我吗？
让我们现在就把爱做够，我想轻轻吻你吻你的眼睛，
一生一世永不分离。
如果我老了，不会恋爱了，你还会爱我吗？
如果我老了，不能再歌唱了，你会陪伴我吗？
陪我到丽江来晒晒太阳，听我诉说那些往事，
数我的白发，数你的皱纹，一生一世永不分离。

（THE END）

西街的阳光

离开西街的最后6个小时，是晴的。阳光下，这条街被氧化了。街上停下行人，和背来背去的心事；而我在无边的晴朗中，作别西街。

最后这个清晨，醒在7点。下到西街，晨光还没有来。万物惺忪地衣被雾岚间，囫囵了形容的建筑与山水，是一篷湿湿的梦。

我在空阔阔的窄窄西街上踱着步，脚步声沿着青石板一下子滑响出去，仿佛彻底涤扫掉了几小时前这里灯红酒绿中喧嚣的夜声。所有门板的背后，静得干净。那些在午夜撒欢的各色人等仿佛退潮一般，消失。

西街，究竟有几张面孔？

在西街度日，看街变脸。日场是一般集市，午场是下午茶里泡淡的几袋小资，晚场上了灯，先是一幕暧昧，暖了胃啊乱了心肠，直奔午夜场去放浪。

西街像一个江湖艺人，在草台上将就出入，看一眼天光，溜一眼众生，应景地拿出讨好的一套。日复一日，在时光滴漏间如约流转，倒也规律。

雾在我睫毛上淋漓出最新鲜的问候，有一股青草子的味道，好像我的眼里也染上了春色。桂林的阳光在歇足了正月的五个整天后，懒洋洋从漓江边那一座碧蓬峰后面慢条斯理地起来，绰约地把满街老屋的影子素描在青石板的地面上，铺张成最华丽的道场。于是所有出街的人，都把心恭维起来。—— 晴朗，像绝世名伶压轴登场，抻足够了期待。挑拨起帘栊 —— 裂帛一声，黄莺出谷。

于是，所有期待一刻倾泄成畅。

所有的快感是等待者自己的。只因等待空虚太久，其实未加给予很多。

西街，究竟有几张面孔？

喜欢。岛

这段文字是我一路陆陆续续写在手机上的。昨晚昏沉沉睡去前，把它当作长短信发给了远方一个朋友。醒来后读着，发觉一路长长心情不过是短短文字，一次短短行程不过是长长简讯。挺有意思的。

从30度的厦门飞75分钟，就回到了上海。坐时速200公里的高铁，30分钟，就回到20度的苏州。

夏与秋就是晨与午，已经可以小时计，转换。不用用心去等一叶落，看花谢花飞。

当然也可以选择慢慢来的。

厦门的山上看海

厦门，其实是一座岛。

离岸，是我想过的生活。这一次是和爸爸妈妈一起，更好。今冬明春，是他们金婚的纪念。哥哥和我，都不约而同选择带他们到海边旅行。50年，半百人生。两个人一起走过，多好啊。

他们陪我走到海边，我下到沙滩；他们在我身后静静看着。那天阳光盛大，所有的情绪在晴朗里被熨平，没有一丝折皱。我回过头去看着他们，妈妈扬扬手，就像我很小很小的时候，以为一个人跑很远了，回头总能在第一眼看见妈妈看着我。照看着。

许我一个爱人，我就好好活下去。无论多用力，也再活50年。很老很老的，和他一起度过金婚。希望那时候我也有一个小女儿，在前面走。我们在后面跟着。照看着。

慢慢来。

很喜欢看他们这样共一把阳伞地走着。

厦门，因为凭临海峡，可能至今在这座城市的人心里都还是一条国防的前线。虽然没有人明说，但没有人不明了。于是这座城市有特有的一种散漫，也没有穿云破风的高楼，也没有快马加鞭的豪车。大家都活得慢慢的。挺好。

我从城市来，还是去一座一座的城市旅行。和野游比，我喜欢在城市里行走，看看楼，看看人。

关于城市啊，我们爱她恨她，渴求她逃离她，赞美她贬损她…… 她的存在有多丰富，我们对她的感情便注定有多纠结。比如北京，比如上海，包括每一个人都是自己家乡的一座城。

这是一个城化的时代。去尘化，钢筋水泥代替了沃野良田。我的一对好友夫妇去上海世博会外务，特特赶下来看我。聊着聊着，那个年轻的先生突然感喟一声说，会不会有一天这个地球再也承不住我们叠加给它的重量，不要我们了呢。我们觉得有些好笑，但都没有笑出来。

这两年我又开始常常回到北京，看那座失去建筑哲学的城市，连天际线都变成了补丁的城市。我想，那些变形的，是我们的欲望。

我们对于美好生活的假想，往往需要一个盛器盛放。城市就是我们欲望的盛器。从开始建城就是。

我们的心，怀的欲望越多，对所栖身的城市的期待就越高。只不过，慢慢发现在城市生活，变成在城市讨生活。生活总是在别处。

于是，我们就开始寄情于揣度远方城市的精彩，更远的，更远的城市。就像《美国美人》里那个陷入中年危机的男人，意马心猿妙龄少女正在玫瑰花瓣中情挑，以为一场艳遇就可以解放自己。但现实的，躯体往往重重滞留下浪荡的心，每日与我们做伴的还是熟悉的作息，眼一闭一睁，撑脱不得。

这大概还是多数人的宿命。

厦门有个创意界圈子，他们在一方街区里，做了一幢幢艺术家的院落，毗邻而居，他们在门口写着：门没锁，就是等着你进来。

喜欢这个句子。

有很多是我们无法选择的。比如出生在哪里，或者有时都无法选择停留在哪里；但还好，我们至少是可以选择改变的。

在云南一座小小的城镇，有一家叫行者的客栈。老板在门口黑板上写着："我打马穿过嘘声喝彩声掌声嚣叫声，众声都是众生，我不是过客，我不是归人。我是我路上的行者。"

我离开时，在那黑板上写下一句话："王者的天下，行者的天涯。"

我们生活的城市，城市里我们的生活，是谁把谁变得更好一点也许不重要。重要的是，我们所有为城市为生活付出的目的，都不应该背离：内心平静、精神自由、物质丰裕。

厦门，这座还不堵车，还没有太多高楼，还有很多地方甚至不能刷信用卡的城市。我是老爸老妈的小女儿。我们一家三口在一起。

我想，那些导致城市美好的事物也适用于保持我们自身的美好，譬如，完整、包容、安全、健康、优雅，还有干干净净的……

喜欢一座小城市。可以无争。可以无嗔。

喜欢。岛。

可以慢慢来。

鼓浪屿的清晨。中山路的夜上华灯。

很喜欢看他们这样共一把阳伞地走着。

附：

你可以说那就是忧伤

（2000年“榕树下”全球原创文学最佳散文奖）

这篇文字写于2000年的十一长假，是记录给一个大朋友看的日记。那年因为这文字得了“榕树下”全球原创文学大赛的十大散文奖。

能打动人的不是伤痕和苦难，而是幸福，失之交臂的，或者不可企及的。

——题记

你可以说那就是忧伤（之悠长假期）

他们对我说，当你看完日本电视连续剧《悠长假期》的那一刻，你一定在流泪。

是的，我流泪。

不知道你们有没有看过《悠长假期》，不知道你们有没有在那一集木村拓哉的钢琴曲里流眼泪。不要用“没有”回答我的第二个问题。

故事里的木村拓哉是个钢琴手，长久以来，他似乎总还处于一种练习的状态，就是不去参加大赛。他也曾用皓首穷经般的痴情去恋爱，全身心，就是没有表白。他认为生命中就是有这样一种状态，你一直在准备着，就像在一个假期中，你在等待这个假期的结束，准备以全新的形象更加投入地去工作、学习，因为那时候你就告别了状态不佳的自我，又可以上路。

木村拓哉就这样以为着，带着点放任地在这个悠长假期中向往，向往功成名就，向往相亲相爱，一切如愿地来到。可是，他不知道这个假期什么时候是尽头，为什么总是没有尽头。后来，一个女子进入了他的生活，告诉他，日子本身是不会为你带来或带走什么，重要的是你自己的出发、经过、创造，拥有。悠长的假期总是要结束的 —— 当你在大赛上击下第一个琴键，当你对少女伸出举着玫瑰的手说“我爱你”，当你对日子说：好，我们开始吧。

你可以说那就是忧伤（之祖父母的爱情故事）

祖父病逝那年，父亲才6岁。那是1937年，旷日持久而苦难卓绝的抗日战争刚刚在华北打响。

那一年祖母只有28岁。那一年离他们最终在天堂团聚的日子整整50年。

那是一个月行将圆满的中秋前夕。

祖父，是带着点决绝而执著去赴这个约的。身为医生，他比谁都清楚自己的病情，他可以留在上海自己的诊所里，留待生与死的豪赌一场。祖父拒绝了。他去投靠爱。

祖父拖着病体登上回杭州的火车，执意要回到当时在老宅哺育幼女的妻子身边去，谁都无法劝阻得了。也许由于已经开始的战乱，那趟火车经过杭州这个重站时鬼使神差居然不能停靠而被迫继续前行。

我听到这个故事时，心思恍惚，好像看到了祖父憔悴的脸无望地贴紧车窗，滚烫的额头磕在冰凉的玻璃上，玻璃很快烫了，心也刹那间凉了。杭州就这样眼里近了又远了，他也许在那一刻已经知道自己终于挣不过这一关，要离开心爱的妻子了，他上的是一列通向冥间的挽车。

祖父都来不及后悔，全部的心思就是回到妻子身边，这成了支撑他生命的唯一念想。火车在宁波或者其它什么站上终于停了下来，祖父被人潮推搡出车站。沉疴日重，他拖着越来越虚弱的身子搭上各式各样能够回杭州的车，日夜兼程地赶路。他是个医生，他也曾努力抢救，无奈送走过多少伤寒病人，他知道自己的情况越来越差。就像蔡桓公向扁鹊问病医，病势沉沉已近膏肓，神医都回天乏术。

祖父回到杭州没几天就去世了。

祖父死在祖母怀中。他们相拥着像相爱着那样。年轻挺拔的身躯在那温柔的胸怀里无情地冷去，留下一张秀美脸庞挂满绝望的苦泪。

我在如今已儿孙绕膝的小姑家里看到过祖父的照片。有身著长衫站在医科大学门口的，玉树临风，很是俊逸；有打球归来，短衣襟打扮，健康得在阳光下笑着。而祖母是个非常美丽的女子，她秀美的眉目间是幸福的光彩。

当年他们真的是相亲相爱，人见人羡的一对璧人。

祖母28岁守寡，一守就是整整半个世纪。我有的时候想，那生死别离的相拥可以把温暖留得那么长久吗？他们结婚也不过十年左右，是什么支撑了祖母一生？祖父去世以后，祖母的追求者很多，都是有才有貌的人。祖母一个都没有在意。

她的身心终其一生都属于一个男人。真的是把爱都给尽了。

祖母是在一个除夕夜静静去世的。

祖母是在一个除夕夜静静去世的。我相信在那边守候了50年的祖父，一定是能从苍老的形容中认出当年要与之生死与共的美丽妻子的。

我相信在那边守候了50年的祖父，一定是能从苍老的形容中认出当年要与之生死与共的美丽妻子的。

你可以说那就是忧伤（之别人的爱情故事）

有风如雨。

意外地接到一个老同学的电话，他说在异乡染病，孤独长夜，好不凄凉。高烧的夜里觉得自己要死了，却不知道向谁去求援。父母对他的坚强和独立早已不问不闻，异乡结交的同事朋友对他假日缺席似乎很是忽视，于是难免念旧，虽然健康时实在疏于联络，可想来还是少年朋友更能担当苦难，于是翻出我的电话，却被告知要换新号码，惊得他以为我结婚了，想起那个朦胧而暧昧的少年，怅然难了。

心情被他煽动得沉郁起来，不知道谁来劝慰谁。他给我听他在的城市下了大雨的声音，我说那且算是痛悼我们一去不返的少年吧。

他哭了。他的哭声很悲恸，我把听筒搁下坐开一些还能听到他那头的雨声哭声。

大概三四年前，去医院探望术后的朋友。那个挤了八张床普通而陈旧的大病房，满眼里都是忧郁的人。门前，有一个青年男子，二十七八岁的样子，扶着门框哭得也是这般悲恸，那大捧大捧的眼泪让我心里充盈了不安、沉重和悲悯。

朋友告诉我，那个青年是对床女孩的男朋友，清华研究生。女友是在北京读古典建筑的苏州女孩，不久前发现胸前有肿块去检查，医生说要动手术。因为妹妹在家乡当护士，所以回来检查。上午去做手术，刚刚切片结果出来说是癌。手术于是继续了下去。家人和同房的病友都震惊不已。女孩子才二十一二岁啊。

我当时听了这些，觉得心里晦暗极了，因为这个女孩的情况很像我的中学同学。我跑过去看那床边的姓名牌，不明所以，有一张重病号的红牌插在那儿，血淋淋的触目惊心。这时候他们家有人送饭来，我看到那青年打开饭盒，眼泪扑簌簌地落下来，大颗大颗打湿了米饭。他噙了一口在嘴里，哽咽难当。我觉得我整个食道和胃都堵得难受。

就这样又过了一会儿，就在我将要告辞的时候，女孩子被送了回来。瘦长的身体在白被单下面好像什么都没有。我看到她的脸，我知道就是了。那个喜欢看武侠小说，喜欢短跑和跳高，喜欢香港歌星谭咏麟，喜欢用最简单的步骤完成最繁复的数学，然后用最骄傲的神色来挑战老师权威的那个女孩子。我们不同班，但共有一个最要好的女友，相互也算是说得来的朋友。

可是现在她却躺在那里，得了这样的重病。

璀璨如花一样的女孩子，突然失去了身体的一部分，美丽的一部分。

从病房里跌出来，我挂了电话给我们共同的那个女友，她在电话里当即就震惊得大哭起来。我想我一生都不会忘记那个不算温暖的春日里，我在公用电话的大黄帽下面和电话那头的好友，哭泣不已。

当然，女孩现在很幸福，因为她拥有爱情。清华的男友娶了她，爱着她。为了治好她的病，他放弃了自己的学业和事业，东渡打工，奋斗一路站稳了自己的位置，联系了良好的治疗条件。去年圣诞把女孩接了过去。女孩还依旧用最乐观的心面对最残酷的疾病，然后用最骄傲的神色来挑战死亡的权威。

其实千里之外，家乡老友的安慰不过微风如缕，不能荡涤去在连思念都无可依傍的失眠夜里精心营造出的精致的心灵重伤。于是我把这个故事讲给了哭泣的男人听。他安静了很久。我对他说，把孤独从生理病痛上暂且剥离出来交给我，吃药睡觉，醒来大雨停了，就是个炎炎夏日了。在人地生疏的他乡拼一个理想人生，要流汗，别流泪。

挂电话前，他说也许会就地安家了。我们就哂笑着彼此约定结婚要告诉一声哦，生子要告诉一声哦，死亡要告诉一声哦——这也许是要转告了，但也要有个交代。

原来——大段大段的未来的日子可以被如此简括掉了。

年少岁月，健康和青春一样是锐利的。这是一段向上的生命岁月，从“生”里面走出来，离“死”还有一段时日，所以骄傲地昂首阔步。可是我们又步向何方？

忧伤总是猝不及防。

你可以说那就是忧伤（之喜欢健康）

我喜欢健康。

晨起，有很好的阳光。看清洗过的衣衫在阳光下飘舞，我想象每一根干干净净的纤维张开嘴在晴天里呼吸，吐纳香甜气息，微醺。

嚼一枚鲜果，赏一朵香花，饮一壶清水，读一页美文。翻出黄集伟的《晚安纸家具》，这是他的读书笔记，很喜欢那种短促的精练的语词，虽然从这里跳跃到那里，但是有一种充实有底的健康。喜欢和这种健康的心智交道。目光如手掌抚摸过语文的经纬，是粗糙的还是精致的，一下子心就有感觉。

社会学者黄集伟，90年代初，在北京电台主创主持过一个非常著名的谈话节目《孤岛访谈录》，请一些读书写字的成人，讨论一个带着点哲学意境的简单问题：如果你将要去一座孤岛，日常生活无忧，允许你带一本书、一张唱片，如何选择。每个人都有自己喜爱的书和音乐。留给我深刻印象的一个是准备在孤岛上背《辞海》的（这让我联想到有文章说当年钱钟书先生关在牛棚时背外语词典），还有一个就是王小波，他说他会带一本高等数学习题集。看《孤岛访谈录》的时候我还不了解王小波，只是在《三联生活周刊》上读过几篇他快意的杂文。看到他这样处理自己的孤岛生活，觉得这个人是个坚定的思考者，用寂寥的、空白的亦或是自由的时间演算科学，这是一种健康，很欣赏。不料，没过多久就从北方媒介开始蔓延出对王小波的悼文，才知道他病逝了，一时间极尽哀荣。后来读他的《沉默的大多数》和《黑铁时代》，喜欢他关于猪、牛和驴子的那几篇文章。

喜欢他喜欢的那只“特立独行”到长出獠牙的猪。

王小波说过当他还是云南的一个知识青年的时候，常常用蓝墨水笔在月光下涂抹镜面，写一些自己懂的文字，写啊写，写得镜面都成了蓝色。他举起镜面 —— 就像老狼唱高晓松痛悼顾城的歌：“…… 那么蓝的月亮，那遥远的月亮。”好些年前看陈凯歌的《悲欣交集》，也回忆了自己的知青岁月，也是云南的夜，伸出手掌 —— 手掌因为白天伐木而血肉淋漓，透过这只血淋淋的年青的宽阔的手，看到红色的月亮。

红色、蓝色 —— 月亮，云南的月亮在两个北京少年的眼里那么色泽执著而迥异。

执著，是他们那一代人对黑暗的出离又难离。而迥异的是，桀骜的坚强的陈凯歌偏执地钟情于电影艺术，而思考的沉静的王小波理性而坦然地写自己的文字。

读到黄昏，我的衣裳芳香而干净。窗外的街道在夜色里很谄媚地美好起来，车子亮着灯接踵而去，是带一个人回家，或者带一个故事给人。我想我曾是一个心怀美好的少年，那些美丽情感，至今精致而细密地充满我的心怀，在如诗如梦的年纪里，盛开而释放过一片斑斓五彩的青春纪念。那段岁月是花团锦簇得那么美好，使我在经过多年以后，仍可以回头清晰看到那时候吟唱过的细雨团云，天高风静，鸟去虫鸣。以至于对今天充满了虚伪的外表里还怀着的那颗旧心，有点无奈而可怜起来。原来，那些市侩的东西是那么容易附着腐蚀坚韧的情感，使人充满了浮躁和懒散。

美学的干净是一种明明亮亮的蓝颜色，当作者的心情总有阳光普照时，它就容易被找到。黄集伟说。

美学的健康也是一种明亮，当读者的心情总是晴朗的时候，它就和作者在同一处。我说。

你可以说那就是忧伤（之告别偶像）

看到欧洲的足球赛事，定定地想起了巴乔。

两年前的夏夜，似乎有点久远了，法国世界杯的半决赛吧，曾经怀揣着怎样一颗忐忑的心，祈祷罗伯特·巴乔所在的意大利队在那对于巴乔意味着最后一次的世界杯能再往前走。对那支意大利队毫无兴趣，除了巴乔，我不喜欢其它任何一个人，无论老少马尔蒂尼父帅子兵，还是足球金童皮耶罗。

可是因为巴乔。

巴乔像一匹孤独的豹，身形并不魁伟但极尽英气地奔跑，前进，射击。

是什么时候喜欢上巴乔的？ 1990年意大利之夏吧。都十年啦。那是个与世界杯不期而遇的夏天。记住了蓝色的巴乔，在阳光里笑得像个孩子——记住了他那双海蓝色的眼睛。记住了球王贝利称赞他的射球即使上帝穿上球衣也挡不住（那年的夏天，上帝好像真的在意大利看球，马拉多纳还借了他的手）。

1990年世界杯以后，意犹未尽地爱上了意甲。因为巴乔喜欢尤文图斯，因为卡尼吉亚喜欢那不勒斯，因为克林斯曼喜欢国际米兰。但他们俩俩遭遇时，我总希望尤文图斯赢。

因为巴乔。因为这样一个故事，91年他从母队佛罗伦萨转会到劲旅尤文图斯。不可避免地，有一场在佛罗伦萨进行的"尤 — 佛之战"。全场没有喝彩，只有对他"背叛"的谩骂。他沉默。当他为尤文图斯队赢得一个点球时，他却倔犟地拒绝主罚。比赛结束后，场内昔日的拥趸依旧耿耿于怀，声浪排山倒海。巴乔突然分开保卫，回到中场，当众捡起球迷们扔进场的白毛巾系在脖子上，随后向全场深深鞠了一躬。刹那间，鸦雀无声。

媒介盛赞巴乔的人性光辉闪耀在整个职业足坛。

巴乔是宁静的，不知是不是皈依佛教的关系，无嗔无喜。在名利声色甚嚣尘上的绿茵豪门，他的淡泊简直就是一面旗帜。1993年巴乔"世界足球先生"、"欧洲足球先生"、"世界最佳球员"三件黄袍加身，他做的只是把奖金全部捐给禅学。这就是巴乔。

4年后，在玫瑰碗里的美国世界杯赛上，意大利颇有老骥伏枥的凄苍。一路磕磕绊绊，连跌带撞，毫不体面地跌进16强。又是巴乔，扫下心里那个黑手党模样的萨基教头处处刁难的阴霾，一往无前。他带着他的队伍一直进入决赛，一直坚持到120分钟以后，然而，是不是这所有的功劳，都因为那一脚高飞的点球而连一点追怀的价值都没了？！意大利人，意大利国家队在这之后的又一个4年里似乎总不给巴乔好脸色看。

可是巴乔就是巴乔。他从这个队转到那个队，我都无从追随。他似乎在为那冲天一脚服着心中的苦役，寒暑四度，就算真是要赎弥天大罪的希西弗斯，巨石也应该在他的刚毅、坚韧和沉默里摩挲成一枚金球。认真踢球的巴乔在阳光下依然宁静，但海蓝色眼眸里的忧郁却像地中海上空的雨季盘桓不去。

岁月，总会让英雄老去。也许，过去的已经过去，没有人会留着八年前的票根证明巴乔曾经赢过。在忧郁而宁静的日子里，巴乔，坚持地，成为自己，妻子的丈夫，儿子的父亲。一个踢着球，赢着球，或者是一个踢过球，赢过球的男人。

他留长又剪去的那绺辫子，他擎起猎猎迎风的唯美大旗，可是始终是与周遭的浮华格格不入。是，他是一个错过了艺术足球时代的天才，不幸在功利主义足球时代醒来。在亚平宁半岛的足坛王国里，他显得萧索，那种寒心的萧索。

风云际会，大浪淘沙。“世界杯”都从花甲走向了古稀。再过两年的日韩世界杯，意大利有没有成熟而不负重望的英雄出世？全新的德国队是否呼之欲出？谁来挺起英格兰人的脊梁？荷兰的黑郁金香是不是依然盛开它们神诡的光彩？西班牙的斗士们秣马厉兵，不会再失楫中流吧？四年，足以使所有的神童泯然众人矣，就像十年前还与巴乔击掌的金靴神话斯基拉奇。

跨过一个新的千年，一个新的世纪，足球还是力与美、驰骋与征服、抗击与胜利的项目吗，还是一种新型的赢取名与利的手段呢？到下一个世纪，一切活着都会只是一种手段吗？

我会不会在新世纪少年面前活成像巴乔之与艺术理想那样一个追梦的20世纪遗老呢？

带着点哲学的诗意感伤着。与我的偶像时代轻轻挥别吧，就像他们悄然而至的那些晴朗日子。

你可以说那就是忧伤（之在神秘园里歌唱）

空气里弥散着瓜果的馥郁芬芳，荫荫长街上时光的梭飞行得疲软，古城就在这香甜里守着静。在一辆疲惫的出租车里听着《神秘园》，一路抛洒的音符，像长长的叙事诗，一唱三叹，且歌且惋。

无论何时何地听到《神秘园》(Songs from a secret garden)，都会让我的心充满疼痛的感觉。好像在密林里被荆棘剐得满身斑驳的行者，中途豁然：潺潺清流，皎皎明月，凛凛的光披在肩上。可这并不是尽头。终点在哪里？那里有什么？无从抵达的心念折磨着肌体疲惫至极的健儿，那时节满眼都是久觅不得、得而终须舍的疼痛——是希西弗斯离山巅半步之遥的一刻，是吴刚的利斧触及那株桂花树桠的瞬间——不是绝望，绝望倒也好了，是欲罢不能却已欲说还休的境地。连泪都落得无名无分。像——罗伯特·巴乔1998年夏天意法之战中听到终场哨音响起……

大概是三年前，神秘园组合在上海广播音乐节上演出。Fionnuala. Sherry持弓在小提琴弦上歌吟，一曲《Nocturne》在雾霭幽幽的浦江畔浸洇开来。镜头推上去时她绿色的眼睛里落下两粒透明的泪，映影出听者黑眸子里的沉醉。

音乐挑拨起那根心弦，就像开启了寻找阿拉丁神灯的窖门，有诱惑的光亮引领着走近，走进。就像25岁的年纪难免会想到17岁的时候。向前其实意味着了断退路。成长如蜕 ……

做一些居家的清洁，打理悠长假期里心与行的痕迹。浮尘是从哪里来的？纠结成团，纷乱如麻。所以说，故事里的白雪公主最多也是在矮人们的小屋里铺床叠被，若是让她打扫宫殿便没了唱歌的心情。就连灰姑娘都一定要有南瓜车和水晶鞋，纤尘不染的出落。

一岁岁走进二十四五这样一个非常尴尬的年龄。我深深知道，生命中最美好和清洁的一部分，就快要离开我，成为另一个20岁少女的。我只是渴望在这段停不住的成长里面，可以把丰富而智慧的情感用出来，打扮自己的生命，让青春真实而健康，泛着淡淡的金红色，有茉莉的芳香。在今后无论多么沉溺的日子里面回想，都可以因为这经过的而眼睛亮亮地微笑，使厚重、迟滞、拖沓的生活有点迷人的亮色。

已婚的好友来聊天，一副对我的小屋羡慕得不得了的样子。我笑她心野，说，你是有生活故事的人，我这只是敷衍日子。生活刚来的时候，因为新造，总还应该有一股很讨好的味道，反倒在这里刺激起我平白的日子。她两眼竟然闪过怅然，追问我这个“槛外人”可知道生活的后面。她说她在小心翼翼按捺自己任性的时候，总禁不住要追想过去的、长长的日子，想起我们曾经因为真心喜欢那文字的感觉而齐声朗读过片断的一篇文章：《爱情是一朵花》。

花谢花飞，剩下的是譬如朝露，是叶是茎或是果实，是甘之若饴还是苦辣酸甜百种况味——看是看不出来，只能也只有品尝的人才知道。旁观者感喟种瓜得瓜，种豆得豆。是啊，种瓜是得瓜了，但未必都是薄皮沙瓤无籽甜如蜜。

忽然想起张爱玲的两朵玫瑰和李碧华的两条蛇。绞着手握住杯子，想着也许女人有的时候就像这饮品。有的是一盏香茗，有的是一樽烈酒。居家饮茶像漱口，平淡甚至嚼出些涩苦，难免想念拼酒的豪情，“拼将一生休，尽君一时欢”的撒泼在糊涂的茶色面前反倒显得赤诚。但若夜夜酗酒沉醉，任辛烈贲张，热辣透支，终觉得还要渴求茶的敦厚滋润。

茶，是包容的，看似细小琐碎，一旦得到滋润立即从纠结里释放，舒展出原生态，一叶叶单纯而清爽，纵使千滋百味都在那温暖氤氲里清香甘醇起来。

酒，是吞噬的，看似平静明冽，一个气泡都不含糊，其实每一滴都经过发酵而一路蕴藏着凶狠。然而男人啊，面对直冲而来的引诱，偏偏更易沉迷。于是要一把握住置于唇边，一口饮尽——是不是出于这样的心理，酒杯都要比茶杯冶艳娇媚——于是便完全地扰乱了本我，那与魔共舞般的周折，让原本为感动而存的泪，为激昂而留的血，全沾染了酒气，没来由地疯一场。狂烈地迷乱到了连是非都不能明眸善睐，皂白分明。但真的能让人追求的，终还只有传代的酒没有隔年的茶。看来，快意是一种难以抵御的诱惑，所以有“饮恨”这个词啊，听上去都是死不悔改的彻底。端茶递水的温存浅尝辄止，还常会在人前背后“呸呸”作响吐将出来，不能容忍茶屑 —— 分明，就是不屑。

在万家灯光的家常菜香里，一个人抱膝枯坐。不是所有的女人都能像祖母那样执著着一个历经半世纪依然温暖的依偎，也不是所有的男人都能像那个清华男生无论贫穷与富有、健康与疾病而矢志疼爱着。—— 还是让我的日子散漫着吧。

因为懂得，所以浅唱。

YEE

跋：

我来过　我爱过

—— 致天堂的爱人

十年前，YEE 突然打电话给我，那时我们还没有互为彼此，只是工作交情。

是个黄昏。

他电话的背景声是北京下班高峰一派繁荣的车水马龙。他告诉我刚去医院送别病危的老友。病床上形销骨蚀的男人，是他们一干弟兄自少年来的精神领袖，曾率领他们纵横理想，放浪情场，也曾独步天下，一辈子都是条汉子。壮年远行终不可留，让探病的这群年轻子弟不胜唏嘘。老友渐醒，看见哥几个，就微笑，努力从铺盖下爬出两根手指打个“V”，喃喃。那汉子说 —— 我来过，我爱过，我走了 …… 再会。

YEE 学完那话，放声痛哭，肆无忌惮。307 总院外的北太平路刹那就在这个男人的哭声里仿佛鸦雀无声。

几年后，我陪 YEE 去给这个故去的汉子扫墓。YEE 拍拍那碑，说，老大，这是我女人。我虽不大喜欢这种开场白，也没说什么，献了花。没想 YEE 就此也就没说话了。阴阳间的两个男人，干完一觞酒，他起身便走。我跟上他，他突然停在前面也不回头，说，我从没带别人来过。我想了想，也不知该说什么，走上去挽住他。他提起手来握住我的，慢慢领我走过一整座墓园。

在一个闲静角落，他挨我坐下，都没说话。他把脸侧在我的发上，一直这样。不知多久，我突然感到自己的额角似有若无一行潮湿迤逦下来，想伸手去证实，突然被 YEE 很用力地挟拥住，不得动。他不许我侧过脸去看他，直到他无声的眼泪放肆，把我半边头发全部落湿，汪洋。

我并不曾在他们那些已经过去的时光：一群男孩子成为男人，一群男人成为汉子的那些时光。男人有些情感，快乐或者悲伤，女人永远不会懂。我可以做的就是尊重，小心轻放。这是我成长多年后终于懂得的一件事。

回到车上，YEE 突然把我的手握在他的手里，攥得很紧，好像这样可以深埋进去他的一份重要。他说："如果有一天，我死了，你一定记得给我一块碑，只要九个字：我来过，我爱过，我走了。然后上面刻我的名字，下面刻你的名字。我怕我老的时候，糊涂了，不记得告诉你。"

我怒不可遏，把手从他手里拔出来，抽过去，破口大骂，也不记得骂什

他说：如果有一天，我死了，你一定记得给我一块碑，只要九个字：我来过，我爱过，我走了。然后上面刻我的名字，下面刻你的名字。我怕我老的时候，糊涂了，不记得告诉你。

么，总之大哭。一直到他半跪过来，求饶。我让他把口水从昌平一路呸到西三环。途中，他就本色复兴，咂着舌说，不如相濡以沫。我吻吻他，想：这个男人狡黠生动，一定是人类生寿纲目里最老而不死的那一科。

2008年1月8日，丁亥年的腊月初一。YEE 妈妈把儿子的骨灰撒在夏威夷莫洛凯岛白沙滩外的大海。

妈妈说，莫洛凯岛是 YEE 每次回夏威夷最钟情的地方。他喜欢“种”在沙滩里发呆。

最后一次在沙滩上，YEE 从海里回来，湿湿的，坐在阳光里，靠着妈妈的长榻。他带着孩子气却又极认真地说：真想潜入海底，或是随着洋流优游。妈妈听着，忍不住伸手去抚摩他的发，然后抚摸儿子英俊的脸。YEE 把头一歪，把脸贴在妈妈的膝盖上。

YEE 妈妈说差不多有30年了，没有那么亲密。—— 从儿子六七岁的光景，一次洗澡开始，YEE 把卫生间反锁，高亢地在门那边宣布：我是男生！你不可以看！从此，妈妈成了身体疏远的一个“女生”。

妈妈把 YEE 的骨灰撒向大海。妈妈说：海是世界上最阔大的地方。海就是四面八方。这是 YEE 喜欢的。他可以去四面八方，可以潜入海底，也可以随着洋流优游。四面八方的朋友也可以藉由海，和 YEE 在一起。

我在海滩上写下了我给他的短信。告诉他，我来看他了。大海温柔地全力向前，列阵推进，一次次探身过来阅读。像他顽皮地来偷看我发短信的

海是世界上最阔大的地方。海就是四面八方。这是 YEE 喜欢的。他可以去四面八方，可以潜入海底，也可以随着洋流优游。四面八方的朋友也可以藉由海，和 YEE 在一起。

样子。用一副蛮认真的样子假装生气，然后狡黠地笑。

涨潮的时候，天黑下来。天色让我的字渐渐模糊，海让我的字渐渐模糊。

我相信，大海会把我的短信发送给 YEE。

夜色落下来的时候，海真的很美。浪声叠叠，仍可以万籁俱寂。宁静的海，在内心。但是夜色还是比海更阔大。因为夜色甚至湮灭了海。时间带走海带不走的。

我把牵记交给海，其他的全部忘记。我等时间暗下来，直到湮灭一切。

我来过，我爱过。

以上，我把所有文字送给天国的爱人和我们从此不渝的爱情。

代跋。

图书在版编目（CIP）数据

上帝想看电影 / 徐李佳（@ 徐记大白兔）著. —北京：文化艺术出版社，2014.6
ISBN 978-7-5039-5780-2

Ⅰ. ①上… Ⅱ.①徐… Ⅲ. ①散文集—中国—当代
Ⅳ. ①I267

中国版本图书馆CIP数据核字（2014）第102253号

上帝想看电影

著　　者　徐李佳（@ 徐记大白兔）
责任编辑　帅　克
封面设计　李　鹏
封面摄影　易　宁
版式设计　韩漫漫　鲁　豫
出版发行　文化艺术出版社
地　　址　北京市东城区东四八条52号　100700
网　　址　www.whyschs.com
电子邮箱　whysbooks@263.net
电　　话　（010）84057666（总编室）84057667（办公室）
　　　　　（010）84057691—84057699（发行部）
传　　真　（010）84057660（总编室）84057670（办公室）
　　　　　（010）84057690（发行部）
经　　销　新华书店
印　　刷　国英印务有限公司
版　　次　2014年6月第1版
　　　　　2014年6月第1次印刷
开　　本　880毫米 × 1230毫米　1/32
印　　张　9.5
字　　数　180千字
书　　号　ISBN 978-7-5039-5780-2
定　　价　28.00 元